下課後的奇幻補習班

劉炯朗——著

時報出版

序　文學是一切想像的啟蒙

已故的前蘋果科技執行長史帝夫・賈伯斯（Steve Jobs）在一九八五年離開蘋果公司後，開創了另一家電腦公司NeXT，而在他第一部發表的NeXT電腦裡，他放進了牛津版的《莎士比亞全集》，可說是電子書的濫觴。賈伯斯曾說：「我喜歡站在人文與科技的交會口。」或許，這就是他能不時創新思考、並屢屢出眾人意料之外的原因。

我不敢說每一個喜愛閱讀文學的人都能成為充滿創意的人才，但實際上，文學作品往往能給人意想不到的啟發。我毋須舉出某位大人物受了某本書的啟發，而促使他走上某條不凡的路，實際上，我們每個人都曾有過這樣的經驗，不管是《西遊記》、《波西・傑克森》（*Percy Jackson*）或是《海賊王》（*One Piece*），都自有其足以啟蒙某個思想的核心價值。

而其中最引人入勝的，莫過於作家們以豐富的想像力，在文學作品裡構築出的那些如夢似幻、真假難辨的奇幻世界。無論是「火燄山」還是「偉大的航路」，只要我們展開書卷，任由想像馳騁，便能恣意遨遊其間，絲毫不受時空的限制。

唯一的限制是我們的心靈。如果我們慣於看見、聽見平常的事物，如果我們總是一味接受別人的說法，如果我們不懂得質疑眼前所有的一切，那麼我們的心靈就會漸漸枯萎，讓大腦成為貧乏想像力的俘虜，只能活在有限的人生裡，那樣一來就太可惜了。

目次

星期一

走進文學的奇幻世界

首先，我想為大家介紹三本很有趣的書。

第一本是清朝李汝珍寫的《鏡花緣》。《鏡花緣》故事的時代背景是唐朝武則天的年代，這本書的前半部敘述一位不得志的秀才唐敖，和他的妻舅林之洋。林之洋經常飄洋過海，買賣貨物做生意，還有一位有很多航海經驗的老舵手多九公，他們三個人結伴到海外，一邊做生意一邊遊玩，到了許多奇奇怪怪的國家，也看到許多奇奇怪怪的動物和植物，例如他們到過「君子國」、「女兒國」、「巨人國」、「長人國」，看到會吐絲的蠶人、有十個脖子九個頭的九頭鳥等等。

第二本是《格列佛遊記》（*Gulliver's Travels*），這本書的作者史威夫特（Jonathan Swift），一七二六年出版，和《鏡花緣》都是在十八世紀出版的書。這本書描寫一個叫做格列佛的人，旅遊到四個不同的國家，包括小人國、巨人國的經歷，是一本已經被翻譯成多國文字的名著。這本書除了可以被看成一本童話、一本科幻小說之外，作者也透過幽默和暗諷的手法，點出政治、社會、宗教、教育和人性裡不同的問題。

第三本書是《杜立德醫生的故事》（*The Story of Dr. Dolittle*），這本書是羅富亭（Hugh Lofting）在一九二〇年寫的，書中的主角杜立德醫生，本來是一位普通醫生，不過，他學會了動物的語言，變成能夠替動物治百病的獸醫。他帶著一群他的寵物，包括一隻鸚鵡、一隻猴子、一隻狗、一隻豬、一隻鴨子和一隻貓頭鷹，到非洲替猴子治病，回程又遇到海盜的故事。這本書還有好幾本後續的書，也有幾部電影，都是以這本書的主角杜立德醫生能夠精通動物的語言為出發點，延伸出來古怪而有趣的故事。

這三本書透過時間和空間的改變，描述我們日常生活以外的人事物。其實，除了這三本書之外，還有很多類似的書，例如在《西遊記》裡，唐僧帶著孫悟空、豬八戒和沙僧，走過盤絲洞、火焰山，三打白骨精，大戰牛魔王。還有，英文的《綠野仙踪》（*The Wonderful Wizard of Oz*），敘述一個小女孩桃樂絲（Dorothy）和她的三個夥伴——稻草人、油罐鐵皮人和膽小的獅子，一起去翡翠城找歐茲魔法師的故事。這些故事有兩個共同的主軸，一是用神奇和幻想，跳脫現實，另一個是現實，透過神奇和幻想，反映諷刺。

鏡花緣

《鏡花緣》是清朝李汝珍寫的小說，李汝珍生於乾隆二十八年（西元一七六三年），死於道光十年（西元一八三〇年），這本書描寫唐敖、林之洋和多九公三個人在海外旅行的經歷，也是透過滑稽和怪誕的故事，描寫社會和人性。

君子國

書中的唐敖、林之洋和多九公除了到「女兒國」、「巨人國」和「長人國」之外，他們還到了一個叫做「君子國」的地方。在未抵達「君子國」前，他們就聽說「君子國」的人有好讓不爭的美好名聲。「讓」就是謙虛相讓，「爭」就是爭奪和爭執，「讓」和「不爭」正是君子的風範。可是，當他們到達「君子國」之後，請教當地的人，「好讓不爭」這句話的意思時，他們都禮貌地不回答，也正是君子不願意在人前炫耀的風範。唐敖等三個人一路走來，聽到珠寶店裡一位要買一副項鍊的顧客與老闆的對話，顧客說：「這副項鍊真好看！我要買來送給我老婆。」老闆說：「這項鍊的鑽石和手工都有好些瑕疵，您得小心注意。」顧客說：「這些怎麼算是瑕疵呢？這本來就是一件很好的首飾，您開價多少呢？」老闆說：「通常要賣一萬元，您是老主顧，就算一萬五好了。」顧客說：「一萬五太少了吧？你還得靠做生意過日子的，兩萬元吧？」老闆說：「一萬五就足夠了，既然您堅持，一萬六吧！」顧客說：「一萬六，我回去要被老婆罵我欺負生意人了，一萬八您賣不賣，不賣就算了。」

通常買東西時的講價還價，老闆說貨色好極了，漫天要價，顧客說貨色太差、不好，落地還價，一來一往，老闆減一點顧客加一點，最後才成交。可是在君子國，老闆很客氣說東西不好，不該賣那麼多的錢，客人說東西真好，您不要吃虧，收那麼少的錢，老闆要減價，客人要加價，這就是君子禮讓，處處為他人著想的風範。其實，無論是貴和便宜、有瑕疵和完美、吃大虧和占小便宜都是相對的觀念。當我們覺得君子國的人買賣東西時，完全違反常情，其實，那不也正是「以小人之心，度君子之腹」嗎？

大家都聽過「以小人之心，度君子之腹」這句成語，它的意思就是以小人卑劣的心態，去猜測品德高尚之人的想法。但是，為什麼是君子的肚子呢？一個合理解釋是來自「將軍頭上堪跑馬，宰相肚裡好撐船」這句話，表示一個人度量大的意思。不過，「以小人之心，度君子之腹」，是從《左傳》昭公二十八年裡的一句話演變而來，它原來的說法和用意跟現在是有點不同的。春秋時期晉國的魏獻子在位執政，大家對他的風評都很好。有一次，魏獻子手底下的官員魏戊遇到一件棘手的官司，不知道如何處理，就把案子上呈給魏獻子，告狀的人腦筋靈活得很，馬上送了一位歌女給魏獻子，魏獻子很喜歡她，正想把她收下來。魏戊知道了，趕快跟魏獻子身邊的兩位大臣說：「魏獻子的名聲很好，這是賄賂，收不得，你們得勸勸他。」當天晚上，魏獻子請這兩位大臣吃飯，這兩位大臣一邊吃飯、一邊嘆氣，魏獻子問他們為何嘆氣？他們說：「開始的時候，我們擔心飯菜不夠吃，所以嘆氣了；吃了一半，看到飯菜豐盛，才想到您請我們吃飯，怎會吃不飽呢？所以又嘆氣了；吃完了，我們想小人物的肚子，有吃飽的時候，希望君子的慾望，也一樣會有滿足的時候，所以又嘆了一口氣。」魏獻子聽懂了他們的用意，就把歌女遣送回去了，這就是「願以小人之腹為君子之心」這句話的出處，意思是：希望您的心，也像我們的肚子一樣，能夠知道滿足。

在今天的社會，我們看到小老百姓能夠過著溫飽的生活就很滿足，可是，貪官汙吏、奸商惡賈，他們的胃口倒是貪得無厭，這不也是「以小人之腹為君子之心」的願望嗎？這句話演變下來，成為另外一個用法「以小人之心，度君子之腹」了。

回到「君子國」的故事，貴和便宜、有瑕疵和完美、吃虧和占便宜、小人和君子，都是相反，但也可以是互換的觀念。在日常生活或是科學裡，有很多這種例子，都可總稱為對偶的原理（Principle of Duality）。

舉生活上的例子來說，在美國，開車司機坐在車的左前方，因此車子在街道上靠右邊走，在多線道的路上，左邊的線道是超車的線道，在十字路口，紅燈可以右轉；但是，在日本和香港，開車司機坐在車子的右前方，因此，車子在街道上靠左邊走，在多線道的路上，右邊的線道是超車的線道，在十字路口，紅燈可以左轉，在這裡，左和右就是對偶，也因此可以是互換的觀念。

在電機工程裡，許多人都知道，電流和電壓、電感和電容、串聯和並聯都是對偶的觀念。在電腦科學的邏輯設計裡，「boolean AND」和「boolean OR」是對偶的觀念。從物理來看，電場和磁場、光波和光粒子也都是對偶的觀念。從這些熟悉的對偶觀念來看，「君子國」裡人的行為，也就不那麼奇怪了。

勞民國與智佳國

唐敖一行三人接著到了「勞民國」。「勞民國」裡的人面如黑墨，坐著也好，站著也好，甚至走路時也好，身體都是搖擺不停，唐敖說：「怪不得這個國家叫做『勞民國』，每個人都好像舉動浮躁，坐立不安，終日忙忙碌碌，這樣操勞，不知道他們的平均壽命是多少？」見聞豐富的多九公回答說：「他們雖然忙碌，不過，勞動筋骨，並不操心，加上他們國家不產五穀，都吃水果蔬菜，煎炒烹調的東西都不入口，所以他們都很長壽。」

「勞民國」之後，他們又到「智佳國」。「智佳國」裡每個人都打扮得很斯文，往來都是白髮老者，沒有看到年輕人。他們抵達那一天正是中秋節，大家在打燈謎，挖空心思，絞盡腦汁，拐彎抹角，咬文嚼字。唐敖看到一個燈謎，謎面是〈滕王閣序〉裡的兩句「關山難越，誰悲失路之人」，猜一藥名。唐敖說答案就是「生地」，「關山難越，誰悲失路之人」可不是陌生的地方嗎？多九公給唐敖解釋說，「智佳國」的人都喜歡學天文、數學，百般技藝無所不精，而且，爭強好勝，勾心鬥角，一定要出人頭地，他們終日構思，久而久之，心血耗盡，不到三、四十歲就已經很衰老了，所以，他們很少有長壽的人，剛剛我們看到的白髮老者，其實都是少年、中年人而已。所以，那一帶有一句話「勞民永壽，智佳短年」，就是說勞民國的人壽命很長，智佳國的人都很短命。其實，多運動少操心，多吃水果蔬菜，也正合乎現代醫學的原則。

「勞民國」和「智佳國」的故事，指出勞力和勞心的區分。此外，大家都聽過的一句話「勞心者治人，勞力者治於人」，這句話常被解釋為勞心的人統治別人，勞力的人被別人統治，好像勞心的人是比較高的統治階級，勞力的人是比較低的被統治階級。其實，這樣解釋是斷章取義，這句話出自《孟子・滕文公》，孟子講社會上分工合作的道理，上下文是：「勞心者治人，勞力者治於人；治於人者食人，治人者食於人。」意思是勞心的人治理別人，勞力的人被別人治理；勞力的人養活別人，勞心的人靠別人養活。用現代企業管理的觀點來看，勞心的人負責策略和人事，勞力的人負責技術和製造，可是，真正賺錢養活大家的，還是站在生產線上的工程師和操作員。在管理學上也有一句話：「一流的領導者知道怎樣用別人的腦袋，二流的領導者知道怎樣用別人的力氣，三流的領導者只知道用自己的力氣。」這也說明領導和分工的重要。

伯慮國

唐敖他們繼續往前，到了一個叫做「伯慮國」的國家。那裡的人走在路上都好像在打瞌睡，閉著眼睛慢吞吞地走，一副疲憊不堪的樣子。唐敖問：「既然他們那麼疲倦，為什麼不在家裡好好地睡覺？卻要在外面亂跑？」多九公解釋說：「有兩句話：『杞人憂天，伯慮愁眠』。」

「杞人憂天」這句成語，出自《列子・天瑞》篇，說在杞國有一個人，他擔心天會塌下來，飯也吃不下，覺也睡不好，所以，「杞人憂天」這句成語表示為了不必要的顧慮而憂心。

至於「伯慮愁眠」呢？「伯慮國」的人最怕睡覺，因為他們擔心，一旦睡覺，會一覺不醒，就沒有命了。當他們身體實在支撐不住時，也只休息一下，不敢睡覺，終年昏昏沉沉，萬一真的睡著了，家人就以為他死了，痛哭流涕，有人睡了幾個月，醒過來了，大家就為他死裡逃生慶賀，但是也有很多人是一睡不醒的，也就是睡到死了，因為他們終年不睡覺，頭暈眼花，四肢無力，加上日夜焦愁，胸中鬱悶，若睡著的話，精神渙散，油盡燈枯，就活不過來了。

我們常常聽到今天許多學校裡的年輕人，上網聊天、玩遊戲，熬夜不睡覺；園區的工程師為了趕進度，不眠不休，的確要奉勸他們，不要當一個無緣無故憂心天會塌下來的杞國人，也不要做不睡覺的伯慮國人，昏昏沉沉，沒有效率，也沒有快樂和健康。李白有名的一首詞〈將進酒〉，有一句「人生得意須盡歡」講得很好；另外一句「但願長醉不願醒」，可千萬不要當真。

無繼國

唐敖他們又到一個國家「無繼國」，那裡的人，不分男女，不會生育，因此也沒有後代，但是，那裡的人死了之後，屍體不會腐爛，過一百二十年又再活過來，活了又死，死了又活。對普通人來說，死是一個極限，所以在活著的時候，努力拚命追求榮華富貴，可是死神一到，萬事成空。在「無繼國」的人，他們知道活久了，就是要死，但是死了之後還會活過來，因此，活著的時候，名和利都是過眼雲煙，更沒有收聚財富傳子傳孫的必要，他們把活在世界上叫做「作夢」，把死去叫做「睡覺」，夢是虛幻的，睡覺還是會醒過來的。

假如我們創業開一家公司，不管成功、失敗，還有機會再開一家公司；參加一場選舉，不管當選、落選，還有機會再參加下一次選舉；追求一位知心的伴侶，不管結果如何，還有機會再去找一位知心的人，那麼，我們自然會把成敗得失，看得很淡、很輕鬆。當然，在現實的生活裡，死而復生是不可能的，但是，相信第二個機會一定會為我們存在，也正是我們可以跟「無繼國」的人民學習的地方。李白的〈將進酒〉裡不是有一句「千金散盡還復來」嗎？

最後，讓我為大家介紹一首歌，前面我講到「伯慮國」的人，因為怕死，不敢睡覺，「無繼國」的人，把活在世上叫做「作夢」，死去叫做「睡覺」，這讓我想起美國十九世紀有名的作曲家福斯特（Stephan Foster）的一首歌，歌名是“Beautiful Dreamer”，開頭的幾句是：

Beautiful dreamer, wake unto me,
Starlight and dewdrops are waiting for thee;
Sounds of the rude world, heard in the day,
Lull'd by the moonlight have all pass'd away!
Beautiful dreamer, queen of my song,

List while I woo thee with soft melody;
Gone are the cares of life's busy throng,
Beautiful dreamer, awake unto me!

我將歌詞用中文寫出來，“dreamer”這個字，應該翻成睡仙，但是我翻成催夢仙子。

美麗的催夢仙子，請來到我身旁，
星輝和露珠正在期待盼望，
白晝濁世的噪音，
在月光底下，悄悄地消散隱藏。
美麗的催夢仙子，我詩歌中的女皇，
請為我傾聽，輕柔的樂章，
營營眾生的掛慮，被遺忘，
美麗的催夢的仙子，伴我流連在夢鄉。

女兒國

《鏡花緣》這本小說的時代背景，正是中國歷史上唯一的女皇帝武則天在位的時候，所以在《鏡花緣》的故事裡，你除了可以看到唐敖、林之洋和多九公三個人去了許多地方外，也會看到他們三個人在「女兒國」的經驗。

他們到了「女兒國」，走在街上，看到老老少少穿的都是男裝，但是，都身材瘦小，沒有鬍鬚，走路嬝嬝婷婷，唐敖說：「這些都是女人吧！為什麼放著好好的女人不做，卻矯揉造作，充做男人呢？」多九公說：「他們何嘗不也可以說，我們放著好好的女人不做，卻矯揉造作，充做男人呢？」他們又看到一個老太婆，頭髮用油擦得雪亮，梳一個盤龍髻，鬢旁插上珠翠，戴上金色的耳環，身穿紫紅長衫，綠色的裙子，腳下三寸金蓮，穿著大紅繡鞋，十指尖尖在那裡繡花，朝他正面一看，滿臉脂粉，卻留了長長的鬍鬚，唐敖忍不住笑出來了，那個老太婆破口大罵：「你臉上有鬍鬚，明明就是女人，為什麼打扮成一個男人呢？你是在偷看老娘，還是想偷看男人呀？」

假如各位聽得一頭霧水的話，讓我回到當我講「君子國」時，講到「對偶」的觀念，例如便宜和昂貴、完美和瑕疵都是「對偶」可以互換的觀念，男人和女人、男裝和女裝也正是「對偶」可以互換的觀念。

他們一路走來，還看到許多女人遮遮掩掩嬌羞的樣子，抱著或拉著小孩，有些女人一臉鬍子，有些把鬍子拔掉，還有些把白鬍子染成墨黑。林之洋帶了許多胭脂香粉、珠花首飾到皇宮去，希望國王買些給他的妃嬪。國王三十歲左右，面白唇紅，非常美麗，她一眼就看中了林之洋，要納他為王妃。一群孔武有力的宮娥走過來，一面呼娘娘，一面預備香湯，為他洗澡，換上衫裙，頭上挽了個髻，臉上擦粉，塗上口紅，幫他戴上戒指、手鐲。一個白鬚宮娥走到床前，跪下來說：「稟告娘娘，奉命穿耳。」四個宮娥把他按住，白鬚宮娥一針從耳垂刺過去，戴上耳環；接著，一個黑鬚宮娥拿著一匹白綾，跪下來說：「稟告娘娘，奉命纏足。」這才真是痛苦難耐，林之洋狂叫掙扎，還被保母用竹板打屁股。這樣過了幾個月，腳也纏好了，國王看到他面如桃花、腰如楊柳、眼含秋月、眉似遠山，開心得不得了，正式行禮封林之洋為貴妃。不過，後來唐敖幾個人找到機會，還是把林之洋給救出來了。

講到這裡，大家也許記得在《西遊記》裡，唐僧取經的路上，也到過一個「女兒國」，在第五十四回，唐僧師徒四人到了「西梁女國」，「西梁女國」只有女人沒有男人，街上人人都是粉容嬌面、綠鬢雲鬟。「西梁女國」的女王看到唐僧滿心歡喜，要把他留下來招贅入宮，唐僧說：「這可不成，我得赴西方取經。」女王說：「你留下來，讓三個徒弟繼續去取經就好了。」倒是孫悟空出了一個餿主意，讓唐僧先答應留下來成親，等女王和唐僧送他、豬八戒和沙僧上路西行時，他來使個定身法，讓女王動彈不得，那麼他們三個徒弟就可以護送唐僧繼續去取經了。

書裡描寫女王和唐僧一起坐車，其中幾句是：「同攜素手，共坐龍車，女帝真情，聖僧假意。女帝真情，指望和諧同到老；聖僧假意，牢藏情意養元神。」不過，孫悟空的鬼主意，中間又出了一個轉折，他們一行到了城外，忽然起了一陣怪風，唐僧又給琵琶洞的女妖攝走了。不過，後來還是平安無事，順利往西行。

《西遊記》裡還交代了一個細節，「西梁女國」的人怎樣傳宗接代呢？原來那裡有一條河「子母河」，人若喝了「子母河」的水，三日之後，到一個叫做「胎泉」的地方，在水中照一照，如果照到兩個影子，那就是已經懷孕了。

《鏡花緣》裡的「女兒國」，《西遊記》的「西梁女國」，都可以說是母權社會的例子。母權社會是指一個社會結構裡的一家之主是母親，她負起照顧家庭的責任，因為有了責任，也有了權力，延伸而來，在社會上是由女性扮演領導的角色，權力和責任也都集中在女性身上。母權社會和父權社會是兩個對偶的觀念，在父權社會，權力和責任集中在男性身上，但是，按照許多人類考古學家的研究，人類歷史上從來沒有母權社會的例子，大英百科全書裡記載，母權社會只是一個假想的社會結構而已。為什麼人類歷史上從來沒有母權社會的出現呢？人類考古學家的論點是：第一、由於人體大腦的結構和荷爾蒙的分泌，男性有比較強的、主動和爭奪的傾向；第二、男性身材和體力都比較強壯；第三、女性有生育、照顧兒女的責任和負擔，因此，父權社會結構是很自然的社會結構。甚至，有些人類考古學家認為，應該完全接受這個純先天的解釋，所以，父權社會會一直延續下去。但是，一個比較開放的觀點：純先天的生理因素，也許只能用來解釋人類歷史剛開始時的現象，因為，社會結構是慢慢在改變的，例如男女平權是現代的潮流，單親家庭越來越多，很多單親家庭是由母親來領導和照顧，再加上交通的發達、資訊的流通，家庭結構的改變導致社會結構的改變，所以，傳統的父權社會結構也許會慢慢地改變。（當然，這是人類考古學家純粹從科學的觀點來解釋，為什麼人類幾千年的歷史裡沒有母權社會存在的事實。）

一定有人想問：「為什麼你說人類歷史上從來沒有母權社會的存在？我們好像聽過在印度南部、中國雲南四川邊境、非洲的幾內亞比索，不是都有以母性為中心的社會結構嗎？」人類考古學家和社會學家對母權社會、母性為中心的社會和母系社會這幾個觀念的定義，是接近甚至是重疊的，母權或父權社會，是狹義的指在一個家庭裡，母親或父親掌握統治管理的全權，也負起照顧保護家庭的全部責任。我們可以用過去在印度南部的奈亞族人的傳統和習慣為例，指出以母性為中心和母系社會的一些特色，他們的婚姻制度是一妻多夫，丈夫的去留並沒有嚴格的規範，一個家庭以母親為首，還包括她所有的兒女，她所有女兒的兒女，她的兄弟姐妹的兒女，母親的遺產會分給她的兒女，和她女兒的兒女，母系社會的一個論點，是全世界的人按照他們母系的血統回溯，都會回到同一個女性的祖先。諸位可以觀察到奈亞族人的家庭結構，和我們父系社會裡傳統的觀念——兒子是自己的，女兒是別人的，正好是對偶的觀念，不過，在奈亞族的家庭裡，最有權力管理一切家庭事務的是母親最年長的哥哥，也就是許多權力和責任還是留在男性身上。

講到以母性為中心的社會，讓我也講一下在動物世界裡，蜜蜂和象的例子。蜜蜂有三種，女王蜂、工蜂、雄蜂，女王蜂當然是雌性的，工蜂也是雌性的，一個蜂群裡，只有一隻女王蜂，成千上萬隻工蜂和成百隻雄蜂，女王蜂由工蜂們製造蜂王漿來供養她，她唯一的責任就是產卵，傳宗接代，不過，女王蜂通常不會和自己的蜂群裡的雄蜂交配，也許是避免近親繁殖的原因，女王蜂會飛到外面和別的蜂群的雄蜂交配，除了交配外，女王蜂從不離開蜂巢；雄蜂也是由工蜂提供蜂王漿來供養，雄蜂交配一次後就會死亡了。女王蜂一天可以產兩千個卵，一輩子可以產一百萬個卵，她產的受精卵，蛻變成為女王蜂和工蜂，她產的非受精卵，蛻變成為雄蜂，有沒有發現蜜蜂世界真的是非常有趣的。

至於象的社會結構呢？母象、女兒、還會加上姐妹、姨媽、姑媽，都聚在一起生活，就像一個家庭一樣，由最年長的母象作為一家之主，當作為家長的母象死了，家裡最年長的母象就成為家長。公象卻都是孤單的獨自生活，公象會去找母象交配，但是交配之後，就離開象的家庭了。母象生下來的小象，無論公或母，只要還沒有發育成熟，都一起聚留在家裡，當公象發育成熟，他就會離開家庭或者被趕出去。在一個大家庭裡，有時幾隻年長的母象會集體離開家庭，另外建立一個新的家庭，一個家庭通常有十至二十隻象，當母象生下一隻小象時，她會在家庭裡選擇幾隻母象作全時間的保母來照顧這隻小象，這樣象媽媽會有較多的時間去找食物，象媽媽吃得好，才會有足夠的奶水給象寶寶喝。

蜜蜂和象在動物界裡就是以母性為社會結構中心的例子。

鏡花緣與女權

《鏡花緣》的時代背景是唐朝武則天在位的時候，武則天是中國歷史上唯一的女皇帝。唐朝由李淵唐高祖開國，唐高祖在位八年，後來因為玄武門之變，唐高祖退位，由唐太宗李世民即位，唐太宗在位的二十三年，勵精圖治，國力強盛，政治安定，就是有名的「貞觀之治」。武則天年輕時，長得嫵媚嬌豔，被唐太宗納進宮中，唐太宗死後，武則天按照唐朝後宮慣例，削髮為尼。唐高宗李治即位後，因為他之前和武則天在宮中已有一段戀情，所以唐高宗讓武則天還俗回到宮中，後來還立為皇后。這其中經過很多皇宮裡的權力鬥爭，唐高宗在位三十幾年，不過最後的二十多年，身體不好，都由武則天代理朝政。

武則天和高宗並稱二聖，還加天后的尊號，高宗死後，武則天成為皇太后，先是立太子李顯為唐中宗，但是，李顯和武太后不合被廢掉，另立太子李旦為唐睿宗，唐睿宗又被廢掉，在唐高宗死去七年後，武則天就當皇帝，改國號為周，歷史上叫做武周。武則天在位十五年，八十二歲時去世，唐中宗復辟，國號改回唐。武則天從唐高宗生病後管理朝政二十幾年，和自己當女皇帝的十五年，統治中國幾乎半個世紀，政績斐然，對外鞏固並拓展了中國的版圖，對內發展科舉制度，繼續推行均田制，可以說和貞觀之治相似。

無論是從歷史或是野史的觀點，武則天的成就和故事，可以講三天三夜。有一個許多人聽過的故事：在嚴冬下雪的一天，武則天在宮裡喝酒賞雪，看見臘梅開花，突然興致來了，要到上林苑賞花，她手下的人說：「現在是嚴冬時節，許多花都還沒開。」武則天說：「臘梅不怕冷，為我而開，為什麼別的花不能為我而開呢？而且，我以婦人而登大位，自古能有幾人？」可是，她到了上林苑，看到的只是一片枯枝，武則天就下了一道御旨說：「明朝遊上苑，火速報春知，花須連夜發，莫待曉風吹。」意思是明天我再來時，全部的花都必須開放。這個命令一下，天上掌花的仙子們都不敢違背，第二天早上，武則天看到上林苑群花盛開，非常得意，可是，只有牡丹仙子不聽從武則天的命令。後來，這些違反時令開花的仙子，差不多上百個，都被打入凡塵，這就是《鏡花緣》裡描寫的許多位才女參加科舉考試的故事。至於牡丹呢？牡丹花被武則天從上林苑趕出來，貶到洛陽，這就是洛陽成為天下牡丹最盛的地方的由來。

胡適之先生認為《鏡花緣》這本書有兩個主題：一個是表彰武則天治國的成就，另一個是提倡女權，不過也有其他的學者持不同的意見，這也正是學術研究裡見仁見智的地方吧！

格列佛遊記

來到小人國

《格列佛遊記》是史威夫特在十八世紀初出版的小說，內容描寫格列佛航海的四個旅程裡遇到有趣的人和事。在第一個旅程裡，他的船遇到大風暴雨，同船的夥伴，死的死，失蹤的失蹤，他一個人掙扎游泳到岸上，筋疲力盡地躺在地上睡著了，醒來時發現他的手、腳和頭髮都被很細的繩子綁住，固定在地面上。原來他到了一個叫做李利浦（Lilliput）的國家，李利浦是個小人國，那裡的居民身高平均只有六英寸，是普通人的十二分之一。

當他們在海邊發現這個像座山一樣高大的巨人時，國王首先下令把他綁起來，再打造一個平臺，把他搬到平臺上面，由一千個小兵護送，用一千五百匹馬拖到國王面前。國王和他手底下的大臣開了好幾次會議，來決定怎樣處理他，他們擔心釋放了他之後，他會到處亂跑，又擔心他吃得太多，會引起全國的饑荒，他們想讓他餓死或者用毒氣把他殺死，可是又擔心他屍體腐爛的臭味會引起全國的瘟疫。最後，他們決定和他簽署一個協議，不許離開李利浦，不許到處亂跑，要幫忙傳遞重要的信件和物品，他可以把信差和馬放在口袋裡，大步快跑，幫忙做粗重的建築工程，最重要的是，一旦和鄰近的敵國比利夫斯古（Blefuscu）發生戰爭，要幫忙摧毀敵人。他們也為格列佛造了一幢房子，一張大床，這張大床用一百四十四（12×12）個床墊拼起來，他每天得到的食物是一千七百二十八人的分量，有沒有發現李利浦人的數學算得很精確，為什麼要一百四十四個床墊？為什麼是一千七百二十八（12×12×12）人的分量呢？此外，每天有兩個人來清除他的糞便，有一次皇宮失火，正巧他要上廁所小便，就順便把火滅掉了；當地的人可以在他手掌上跳舞，小孩子在他的頭髮裡捉迷藏，政府還收門票讓老百姓來看他。

身材的問題

人的高矮大小，往往是留給別人的第一個印象，成為有趣的話題延伸為幻想的題材。

中國歷史上有晏子出使楚國的故事：晏子是戰國時代齊國的一位大臣，他長得很矮，但是，口才好，反應快。有一次，齊王派晏子出使楚國，楚王看到晏子個子小，其貌不揚，他說：「難道齊國沒有人才，要派你來當使者嗎？」晏子馬上回答說：「齊國人才濟濟，不過，我們派傑出的人去一流大國，庸碌的人去不入流的小國，我實在很不成材，所以才被派到楚國來當使者。」

有兩個在商場競爭得很激烈的對手，一個長得很高，一個長得很矮，長得很高的說：「你遇到我的時候，總得抬高頭來看我。」長得很矮的說：「你遇到我的時候，頭總是抬不起來。」

在運動場上，高大壯碩總是一個優勢，美國的ＮＢＡ職業籃球聯盟裡最高的球員是二米三一；有名的姚明，他的身高二米二九，你可知道最矮的球員叫做布格斯（Muggsy Bogues），他身高只有一米六，在ＮＢＡ打了十四年，非常靈活，以助攻、偷球見長，而且，他也一樣會灌籃。

在美國職業棒球聯盟的紀錄裡，最矮的球員叫做奇多（Eddie Gaedel），他是個侏儒，身高只有一米零九，體重不到三十公斤，派他上場打球，是一位以「點子」多而著名的經理人想出來的一個怪招，球賽進行中，奇多被派上場代打，但是經理人嚴令吩咐絕對不許揮棒，在棒球比賽裡，投手投的球，必須在打擊手的肩膀以下，膝蓋以上才算是好球，奇多站在本壘，裝腔作勢，卻又一動也不動，投手一連投了四個都是太高的壞球，他就被保送上壘，馬上被換下來由別人代跑了。

格列佛在一群身高只有六英寸的李利浦人裡，他的一舉一動都有震撼性的影響，當他剛剛抵達李利浦被綁躺在地上時，一個不知死活的小兵，拿了一根長棒子往他鼻孔探索，他被搔得很癢，打了一個噴嚏，把這個小兵和旁邊的人都嚇死了。

當美國的經濟出了毛病，全球的經濟都馬上受到影響，美國的股市掉了幾百點，就給全球的股市帶來股災；一個產油大國，供油策略小小的改變，會為全球帶來能源的恐慌；一個產業龍頭老大，像微軟、通用汽車，營業上的一個小動作，會引起整個產業的波動，所以，有一句大家常講的老話：「老大打了一個噴嚏，所有的小傢伙都感冒了。」

小人國的風俗

接下來講講李利浦的習慣和法律，他們寫字不是從左到右或者從右到左，也不是從上到下或者從下到上，卻是從一個角斜斜地寫到另一個角；他們埋葬死人時，頭朝下，腳朝天，因為他們相信地球是平的，有一天，地球會翻轉過來，這些人就會復活，好好地站在那裡了。

在法律上，第一、誣告別人會被判死刑，被誣告的人，會得到政府的賠償；第二、詐欺是比偷竊更嚴重的罪行，犯了詐欺罪，往往會被判死刑，因為小心和警覺可以防止偷竊，但是誠實卻無法防禦詐欺；第三、獎罰並行，如果一個人在七十三個月內沒有做過任何違法的事情，可以得到獎金，並且可以得到守法公民的榮譽頭銜；第四、政府僱用公務員時，品格比能力更重要，品格加上經驗和正確的目標就足以做好任何工作；第五、受到恩惠而不回報是嚴重的罪行，因為這呈現了心靈的腐敗。

從這裡，我們可以了解法律和道德都是規範我們生活行為的準則，它們是相輔相成，不可分離的。但是，在今天的社會，不但道德主動的、正面的激勵作用日漸式微，不但法律變成強制的、負面的防範功能，也往往因為對法律狹義的曲解，而變成特權階級的工具。有幾本書描述一個理想社會的規範，包括柏拉圖的《共和國》（*Republic*）、摩爾（Thomas More）的《烏托邦》（*Utopia*）、《禮記》的「禮運大同篇」，都值得我們好好地用心去讀。

接著，我來講講李利浦政治裡的內憂外患。李利浦國內有兩個政黨，穿的鞋子鞋跟比較高的是高跟鞋黨，鞋跟比較低的是低跟鞋黨，雖然高跟鞋黨的理念比較接近古老的憲法，但是，國王卻都重用低跟鞋黨的人，這兩黨的人勢同水火，不在一起吃飯，也不互相交談。也有些人穿的鞋子一隻高跟、另一隻低跟，的確，政黨鬥爭，自古已然，不過於今愈烈而已。李利浦有一個敵國比利夫斯古，兩個國家相互為敵的主要原因，是多年以來在李利浦大家吃雞蛋，都是從打破雞蛋大的一頭吃起，但是，現今國王的祖父，因為吃雞蛋時不小心把手割傷了，他就下令全國所有人民，以後吃雞蛋都要從打破雞蛋小的那一頭吃起，不服從這個法令的人民，經過多年的抗爭，後來跑到鄰國比利夫斯古，還是保持吃雞蛋從打破雞蛋大的一頭吃起的傳統，這就是兩個國家相互仇視的主因。其實，追根究柢，按照古老經典的記載，吃雞蛋時，打破哪一頭方便，就從哪一頭吃起就可以了，哪一頭方便可以解釋為大的一頭，也可以解釋為小的一頭，本來就是一個共識各自表述。

身材小，心眼也小？

在《鏡花緣》這部小說裡，唐敖、林之洋和多九公也跑到一個名叫小人國的國家，那裡的人身高不滿一尺，走路的時候，害怕被大的禽鳥傷害，無論老少都是三五成群，拿著武器防身，小人國裡的人，最沒有情義，所說的話，處處跟別人相反，明明是甜的，他們偏說是苦的，明明是鹹的，他們偏說是淡的，教人無從捉摸。

中外古今，對身材矮小的人都存有一種偏見，在《格列佛遊記》的李利浦人，也都被形容為工於心計、狡猾多疑；中文裡「小人」這個詞，更是有多重的意義，除了是字面上大小的「小」之外，「小人」也代表地位卑微的人，僕人跟老板說「老爺在上，小人聽命」；「小人」也代表一般平民小老百姓，《論語‧顏淵》篇裡說：「君子之德風，小人之德草，草上之風必偃。」「小人」也代表諂媚奉承、心術不正的人，諸葛亮在〈前出師表〉給後主的忠言是「親賢人、遠小人」；「小人」也代表邪惡的、帶來厄運的人，正好和貴人相反。有些地方例如在香港，還有「打小人」來驅除厄運的迷信，甚至我們的孔老夫子，在《論語‧陽貨》篇裡，也來一句「唯女子與小人難養也」，把李利浦的老百姓狠狠地踹了一腳。

小人國的戰爭

李利浦和他的敵國比利夫斯古，相隔一個海峽，為了吃雞蛋的爭議，打了多年的仗。消息傳來，比利夫斯古又結集了一個艦隊，準備進攻李利浦，格列佛偷偷到海邊，探視清楚敵情之後，打造了五十條粗纜，五十個大鐵鉤，涉水走過分隔兩個國家的海峽。這個海峽的深度不到六尺，格列佛把比利夫斯古的五十艘大船的錨繩割斷，用大鐵鉤把這些船一一鉤住，連在粗纜繩上，一手抓住五十條粗纜繩，就把五十艘大船拖到李利浦來，雖然，比利夫斯古的海軍萬箭齊發，結果格列佛毫髮無傷。

李利浦的國王親自到海邊迎接格列佛，並授給他最高的榮譽頭銜，李利浦的國王野心勃勃，他要格列佛把比利夫斯古所有的船艦用同樣的方法，全部拖過來，把比利夫斯古收併為李利浦的一個省分，並且按照他的規定，大家吃雞蛋一律從打破雞蛋小的那一頭吃起。可是，格列佛不以為然，他認為李利浦不應該用武力征服別的國家，讓他的老百姓淪為奴隸，國王當然不能不接受，卻也種下了國王不喜歡格列佛的禍根。過了幾個禮拜，比利夫斯古派出大使來簽署和平協議，並邀請格列佛到比利夫斯古訪問。

在二十一世紀的今天，毀滅性的核子武器或者其他強大無比的軍事力量，就像在當時兩個小人國之間的格列佛。我們必須呼籲，擁有核子武器的列強，要小心翼翼處理核子武器的問題，絕對不能意氣用事，為所欲為。在企業界，我們也看到規模龐大的超級市場，就像格列佛一樣，把傳統的柑仔店壓迫得喘不過氣來。之前Microsoft 、Yahoo和Google幾間公司的較勁，也不正如三個格列佛，在我們的頭上打大架嗎？

兩個月之後，當格列佛準備去比利夫斯古訪問時，禍事來了，格列佛被控叛亂的罪名，他的罪名主要有兩部分，第一部分是當皇宮失火時，他以救火為名，在皇宮上頭撒尿，因此，說不定有一天，他會用他的尿把整個皇宮淹沒；第二部分是抗命，他不肯遵照國王的旨意，把比利夫斯古的船艦全部拖過來，因此，說不定有一天，他會把在這次戰爭拖回來的船，又一手拖回去，結論是格列佛心裡可能本來就是一個打破雞蛋從大的那一頭吃起的人。雖然，叛亂罪應該被處死刑，但由於國王的仁慈，改判把他的兩隻眼睛弄瞎，格列佛得到消息，趕快溜到比利夫斯古，又很幸運地找到一艘小船，結束了他的第一個旅程，回到他的老家去了。

李利浦的國王要把格列佛的眼睛弄瞎，還有，當他剛剛抵達李利浦的海邊時，當地的人把他的頭髮用繩子綁起來固定在地上的作法，都隱約和《聖經》裡參孫（Samson）的故事有相互呼應的地方。參孫是一個天賦神力的勇士，他能夠空手搏殺獅子，獨自殺死一大群敵人，推倒整幢房子，不過，他的神力有一個祕密——如果他的頭髮被剪掉，他的神力就會消失。他的敵人收買了他的情人達利拉（Delilah），經由達利拉探聽出參孫的祕密，當參孫睡著時，達利拉叫僕人把他頭髮剪掉，參孫失去了神力，就被敵人俘虜，把他的眼睛弄瞎，關在牢裡做苦工。講到這裡，又難免想起孔老夫子說的那句話「唯女子與小人難養也」。

所以在這裡要祝福讀者遇到都是大人物、大貴人、大好人！

來到巨人國

《格列佛遊記》的第一個旅程是叫做李利浦的小人國，他在第二個旅程到了一個叫做巴洛丁勒（Brobdingnag）的國家。

巴洛丁勒是個巨人國，那裡的人身高六十英尺（約十八公尺），是普通人的十多倍，他們的樓梯，每一級的高度大約是六英寸（約兩公尺）高，和格列佛的身高一樣。格列佛躺在他們睡覺的大床上，用一條手帕做毯子，當他半夜醒來要上廁所時，發現床的高度有七、八公尺，女主人把他捉起來放在地上，否則真是要尿床了。他們的貓有三頭牛那麼大，有一次格列佛差點被兩隻老鼠吃掉，他拿著劍，和老鼠搏鬥，才把老鼠殺死。

格列佛先是被一位農夫發現，把他交給他九歲的小女兒照顧，他們把他放在一個匣子裡，帶著他巡迴展覽，表演賺錢，最後農夫以很高的價錢把他賣給皇后，他的小女兒也留在皇宮裡，照顧格列佛。

格列佛生活在巨人的世界裡，戰戰兢兢的，當他被農夫發現時，農夫差一點一腳踹死他，農夫用兩隻手指就可以把他攔腰抱起來；吃飯時，一小口肉、一點麵包屑就可以讓他吃得飽；在皇宮裡，他被一個身高不到十公尺的侏儒欺負，丟在一杯牛奶裡，喝了幾大口的牛奶，差點淹死。

在格列佛的眼裡，巴洛丁勒人是超強、超大的龐然巨物。我們也可以用同樣的眼光來看，今天世界上軍事、經濟力量強大的國家，何嘗不是為所欲為，擺布欺負弱小貧窮的國家，強國的一點點恩惠，小國就得拚命去奉承爭取。

不過，在皇宮裡，格列佛也有其他有趣的經驗。照顧他的小姑娘，有時候會帶他到貴婦的更衣室裡，貴婦們毫無忌憚地在格列佛面前換衣服，格列佛說她們的皮膚可真粗糙，毛孔又大，皮膚的顏色又不均勻，一顆痣就像一座小山一樣。有一位貴婦胸前長了一個瘡，那看起來才真可怕。還有，格列佛發現她們身體散發出來的味道，實在令人噁心，這更讓格列佛回想起小人國李利浦，那裡的人皮膚是那麼細微，膚色是那麼柔和。其實，任何東西放在放大鏡底下，許多缺點都會清楚地顯現出來，所以，作為一個巨人國的巨人也好，作為一個國家社會裡有權力、有地位、負有重大責任的人也好，都應該隨時隨地準備接受嚴格的檢視和考驗，因為，他們任何的缺失，都會被看得很清楚。

身材大，實力也大？

一個人身材的大小，一個國家人口的多少，一個統治者權力的大小，都是一個兩面刃。最近二十年內的世界經濟舞臺上，有兩個國家扮演越來越重要的角色，那就是中國大陸和印度，其中一個最重要的原因是這兩個國家龐大的人口。中國大陸的人口十三億，居世界第一位；印度的人口十一億，居世界第二。有人說：「站在經濟的觀點來看，作為一個乘數，十三億是一個很大的乘數；作為一個除數，十三億是一個很大的除數。」意思就是，如果平均每一個人能夠每天生產十雙鞋子，十三億人每天生產的鞋子就是十三億乘十，那就是一百三十億雙鞋子；但是，反過來講，假如有四千萬公斤的米要發放十三億人吃，四千萬被十三億除，平均三十個人才分到一公斤的米。

格列佛也觀察到巴洛丁勒巨人國的教育、政治等的情形，他用諷刺的口吻說：「他們的教育是很狹窄的，他們只學習四個領域：道德、歷史、詩詞文學和數學。」當然，這絕對不是狹窄的教育，在今天，許多教育學家都認為這四個領域，可以說是教育裡最重要的四個支柱，英國哲學家培根說過：「探討道德讓一個人變得嚴肅（Study of moral make a man grave.）；重溫歷史增加一個人的智慧（Study of histories make a man wise.）；誦讀詩詞讓一個人變得風趣（Study of poetry make a man witty.）；鑽研數學讓一個人變得縝密精準。（Study of mathematics make a man precise.）」在很多年前，遙遠的巴洛丁勒巨人國裡，他們已經知道，這是教育的大原則和大方向，教育不是耍耍嘴皮，喊喊口號，鑽鑽牛角尖。

巨人國的文字只有二十二個字母，他們有一個規定，任何法律條文不能超過二十二個字，而且，法律條文必須要用最簡單明顯的方式表達出來，因此，法律不可能有不同面向的解釋，只能有一個解釋，曲解法律條文是違法的。

他們圖書館收藏的書很少，國王的圖書館算是最大的，也只有一千本書，那麼格列佛怎麼去看書呢？他們為格列佛搭了一個鷹架，讓他爬上爬下，由左往右，一行一行、一頁一頁地看。他們的書一頁的大小是五、六公尺，厚薄就像一張硬紙板一樣，書裡的敘述以清楚和順暢為主，詞藻並不華麗，避免不必要的、重複的字和詞。

巨人國也有規模不小的軍隊，一開始格列佛懷疑，為什麼一個和外界隔絕的國家，還需要軍隊，但是，他觀察到即使在一個完全與外界隔絕的國家，國王要掌握統治大權，貴族們要爭奪權力和利益，老百姓要爭取自由，要在這三者之間維持平衡，也許軍隊代表的是一種約束的功能吧！

從火藥到原子彈

讓我講講格列佛對國王的一個建議。遠在十三世紀中期，歐洲已經知道怎樣製造火藥（其實，中國人在九世紀時就已經發明了火藥），格列佛為國王描述怎樣用火藥製成砲彈、怎樣製作大砲，他估計按照巨人國裡東西的大小比例，一臺大砲的長度應該是三十公尺左右，如果有二、三十臺大砲，任何一個地區的人，不服從命令的話，在幾個鐘頭之內都會被夷為平地。國王聽了大為震驚，他沒有辦法想像一個昆蟲那麼小的格列佛，居然會建議他去做這麼不人道的行為，國王說：發明火藥的人，一定是邪惡的天才，人類的公敵，他寧願失掉半個王國，也不願意知道這個祕密，而且，吩咐格列佛以後不許再跟別人提起火藥的祕密。

講到這裡，不能不講講二次大戰原子彈研究製造的過程。

物理學上，核子裂變（nuclear fission）是一個過程，當一個中子撞擊一個原子核，原子核分裂成兩個或者多個比較輕的原子核時，假如新的原子核總共的質量少於原來的原子核質量的話，那麼兩者之間的差額，按照愛因斯坦$E=MC^2$的公式，質量就會變成能量，而且是大量的能量被釋放出來。舉例來說，當鈾（uranium）的原子核被中子撞擊時，會分裂成鋇（Ba）和氪（Kr），在核子裂變的過程中，除了新的原子核之外，還會產生新的中子，這些中子再撞擊其他的原子核，再引起這些原子核的裂變，這樣連續下去，就是所謂連鎖反應，這就是製造原子彈基本的物理觀念。

在一九三〇年代，物理學家對核子裂變的過程，開始有了深入的了解，當二次大戰爆發時，許多從歐洲跑到美國的物理學家，包括西拉德（Leo Szilard）、費米（Enrico Fermi）、貝特（Hans Bethe）、泰勒（Edward Teller）等，不但看到利用核子裂變製作強力爆炸武器的可能，也知道德國的物理學家也在朝這個方向發展。一九三九年八月，愛因斯坦寫了一封信給當時的美國總統羅斯福（Franklin Delano Roosevelt）（其實愛因斯坦沒有直接參與原子彈的研究發展工作，這封信主要是由西拉德執筆，愛因斯坦簽名），在這封信裡，愛因斯坦指出發展原子彈的可能性，其實愛因斯坦前後寫了四封信給羅斯福總統，這就是美國研發原子彈的曼哈頓計畫（Manhattan Project）的開端。羅斯福總統於一九四五年四月逝世，所以，把第一顆原子彈在一九四五年八月六日丟在廣島，第二顆原子彈八月九日丟在長崎，是杜魯門（Harry Truman）總統的決定，在廣島死亡人數超過十萬，在長崎死亡人數超過七萬，而且還有很多很多人因為輻射影響，受盡殘疾之苦。

這的確是一場悲痛的經驗，杜魯門總統在他一九四五年七月二十五日的日記裡寫道：「我們製造了世界歷史上最可怕的炸彈，這個炸彈將會在八月十日以前，在對日本的戰爭中使用。我已經作了指示，這個炸彈只限於軍事用途，而不是以婦孺為目標。」但是，許多人懷疑杜魯門到底了不了解原子彈全面毀滅的威力，是不可能選擇性地只消滅敵人軍事力量而已。一九四五年原子彈投擲以前，許多科學家已經提出反對使用原子彈的意見，傳說後來愛因斯坦也很後悔當年寫信給羅斯福總統。

回過頭來看歷史，有些問題都是值得我們思考的。為什麼美國一定要用強大的核子威力，強迫日本無條件投降，而不是透過外交途徑達成和平協議？為什麼不通知日本先行把人民撤退，用一個空城來展示原子彈威力？如果，當年美國沒有發展原子彈，會不會引起後來美國和俄國之間核子導彈等武器的軍備競賽？假如我們有十八世紀時代巴洛丁勒國王的智慧，那就可以避免二十世紀的一場浩劫了。

鏡花緣裡的長人國

回到《格列佛遊記》的故事。格列佛在他的旅程中，到過小人國，也到過巨人國，在《鏡花緣》裡，唐敖、林之洋和多九公除了到過小人國，也到過長人國、巨人國，長人國和巨人國可是兩個完全不同的國家。

長人國的人身高七、八丈，我們常用「昂藏七尺」這個成語描寫身材魁梧的男子，所以，算起來長人國的人也是普通人身長的十倍左右。唐敖他們也看到許多身高六尺、八尺、一丈的大鳥和怪鳥，其中一隻身高二丈、樣子像鵝、有九條長尾、十個脖子卻只有九個頭的九頭鳥，讓人聯想到杜立德故事裡那隻有兩個頭的羚羊「推推拉拉」（Pushmi Pullyu）。

唐敖一行三人，從長人國又到了巨人國，這個「大」可不是大小的大，是「光明正大」的大，巨人國裡的每一個人，都有一片雲霧圍繞保護他的腳，這些雲霧的顏色不同，五彩的最高貴，其次是黃色，最低等的是黑色，其他顏色沒有什麼分別，雲霧的顏色完全是由行為的善惡來決定，光明正大的人，腳下就會出現彩雲，自私奸詐的人，腳下就會出現黑雲，所謂「雲由足生，色隨心變，絲毫不能勉強」。

因為大家都以腳下有黑色的雲霧為恥。巨人國裡，民風淳厚，遇見善事，大家踴躍爭先，遇見惡事，人人藏身後退，所以很少人腳底下是有黑雲的，正在說話時，有一位大官走過，他頭戴紗帽、身穿官服，前呼後擁，威風得很，但是他的腳底下圍著一塊紅布，所以別人看不出來他腳下雲的顏色，但大家都心裡有數，他腳底下的雲，不是黑色就是灰色，肯定是暗中做了虧心事。

不過，雲的顏色隨著心地改變，只要痛改前非，雲的顏色也會改變過來，如果一位官員腳底下的黑雲很久還不改變，國王就會把他革職。至於，大官們為什麼不由公家派一部黑頭車，讓他們外出時，躲在黑頭車裡呢？原來，巨人國裡，每人腳底都有雲霧，走起路來，真是騰雲駕霧，非常方便，所以沒有開車代步的習慣，何況即使有了黑頭車，何嘗不是烏煙瘴氣，欲蓋彌彰嗎？

格列佛在巴洛丁勒巨人國的旅程是怎樣結束的呢？有一天，照顧他的小姑娘把他放在匣子裡，帶著他到外面去玩，突然有一隻老鷹把匣子抓起來，丟到大海裡，格列佛被路過的一艘船救起來，回到英國。當他回到家時，不但覺得房子那麼小，連他的太太、小孩看起來也都很小，原來是在巨人國住久了，眼光也就改變了，這就是「曾經滄海難為水」的意思。

杜立德醫生的故事

杜立德是一個小鎮裡很受愛戴的好醫生，他家裡有很多動物寵物，金魚、白老鼠、牛、羊和馬等等，不過，他最寵愛的是一隻鸚鵡波利尼西亞（Polynesia）、一隻鴨子嘎嘎（Dab-Dab）、一隻狗傑普（Jip）、一隻小豬咕咕（Gub-Gub）、還有一隻貓頭鷹圖圖（Too-Too）。可是，當他家的寵物越來越多時，來找杜立德醫生看病的病人卻越來越少，因為許多病人都不想找他看病了，最後剩下唯一的朋友和病人跟他說，你不如乾脆改行做獸醫好了。鸚鵡波利尼西亞聽了，跟杜立德說，我懂得人講的話、也懂鳥的語言，讓我來教你講鳥講的話好了。杜立德學會了動物的語言，成為一個很好的獸醫，大家都來找他，例如他替一隻視力不良的馬配了眼鏡，也把一隻鱷魚的牙疼治好了。

中國歷史上也有一個聽懂鳥語的人，叫做公冶長。有一天，公冶長在家裡，一隻烏鴉飛到窗前跟他說：「公冶長，公冶長，南面山裡有一隻死的肥羊，你吃肉，我吃腸。」公冶長聽了，跑到南山去，果然發現一隻死的肥羊，他把肉割下來帶回家，卻忘了把腸留下來給烏鴉吃，烏鴉忿忿不平。過了幾天，烏鴉又飛來報信：「公冶長，公冶長，南面的山裡有一隻死的肥羊。」公冶長聽了很高興，趕到南山去，看到一堆人圍在那裡，他怕別人把那隻肥羊拿去，遠遠大叫：「那是我殺死的，那是我殺死的。」可是，他走近之後才發現，躺在地上的不是一隻羊，卻是一個死了的人，公治長就被捉起來了。

他把這個故事告訴縣官，縣官不相信他聽得懂鳥語，私底下叫人把鹽巴和穀子混在一起，灑在院子中，讓小鳥飛下來啄食，縣官問公治長，這些鳥兒吱吱喳喳在說什麼呢？公治長說這些鳥說：「白的是鹹的，不能吃。」可是，縣官覺得這是巧合，還是把他關起來。過幾天，屋簷上有一大群麻雀叫得很吵，縣官把公治長從牢裡帶出來，問他麻雀在講什麼呢？公治長說：「他們在講，東門城外有一輛滿載糧食的車子翻了，糧食灑了一地，大家趕快去吃！」縣官派人到東門一看，果然如此，就把公治長放了。公治長不但是孔子的學生，還是孔子的女婿，在《論語・公治長》第五篇裡，孔子還特別說過，雖然公治長被關在牢裡，但是他沒有犯過，後來就把女兒許配給他了。

自古以來，人類對動物世界、動物彼此之間如何互通信息都很好奇，杜立德醫生和公治長的故事，只不過是這份好奇心的呈現而已。近代科學家們對動物的語言有相當多的研究，例如：他們發現鳥類互相學習唱歌、猴子會發出警告的聲音、青蛙會發出求偶的叫聲、蜜蜂用跳舞的方式來傳遞信息等等。

人類和動物之間的語言隔閡，也只不過是兩個不同族群間缺乏溝通管道的一個例子而已。

在人類的社會裡，不同的語言文字，形成人和人之間隔離的鴻溝，不同的文化背景、不同的生活方式、不同的理念，也都形成人和人之間隔離的鴻溝。只有杜立德醫生才知道，視力不良的老馬，需要配一付眼鏡，流淚的鱷魚，是因為牙疼；住在他家裡的寵物都知道他沒錢，連食物都買不起，可是在非洲的猴子，就不知道什麼是錢，不懂得為什麼要付錢才有東西吃，牠們最後的結論是「人類真是奇怪的動物，誰要在這麼奇怪的環境裡生活呢？」這都是隔離的鴻溝。

推推拉拉

杜立德醫生為什麼跑到非洲去呢？原來一隻燕子從非洲帶來一個訊息，說那邊有成千上百的猴子都生病了，要請杜立德醫生到那邊治療這些生病的猴子。杜立德醫生向別人借了一條小船，帶著他的寵物，航行六個星期才到達非洲。他一抵達非洲，就被一個叫做后林奇（Jolliginki）國家的國王捉住關起來。不過，靠著他的鸚鵡波利尼西亞的計謀從監獄逃了出來，來到猴子居住的地方，還找到獅子和其他動物幫忙，把這些生病的猴子都治好了。猴子們對杜立德醫生十分感激，有些猴子建議為他造一所大房子，把他留下來；有些猴子建議給他五十袋椰子、一百把香蕉讓他帶回去。當牠們發現這些都不太切實際的時候，牠們決定送他一隻有兩個頭的羚羊，讓杜立德醫生帶回去展覽賺錢。

這隻羚羊有兩個頭，一個在前，一個在後，沒有尾巴，這種羚羊很難捉到，因為牠的一個頭看著前面，一個頭看著後面，當牠的一個頭在睡覺時，另一個頭就會醒著，當牠的一張嘴在吃東西時，另一張嘴就可以講話，但是，當牠走路的時候，一個頭要朝一個方向走，另一個頭卻要往反方向去。這種兩個頭的羚羊名字是「推推拉拉」（Pushmi Pullyu），發音就是"push me"（推我），"pull you"（拉你），「推我」、「拉你」正是兩個頭推推拉拉的意思。現在，在英文裡"pushmi-pullyu"成為一個常用的詞，代表兩件相互牽制、抵觸的事情，譬如說：事業和家庭、工作和健康往往不能兼顧，就像一隻兩頭羚羊的推推拉拉一樣；在中文裡，孟子說過，魚與熊掌二者不可兼得，也是相似的意思。

在神話傳說裡，也有很多相似的例子。羅馬神話裡，有一個有兩張臉的神叫雅努斯（Janus），他是看守門戶的神，因為他的兩張臉就像門一樣，可以同時看前又顧後，可以同時面外看內，甚至可以看過去、看未來。雅努斯也代表開始，這就是每年的第一個月叫做"January"的原因。在中國的傳說裡，哼哈二將是守護大門的神，一個能夠鼻哼白氣，一個能夠口哈黃氣，用來制服邪惡和敵人。

回到《鏡花緣》裡的唐敖、林之洋、多九公的故事。他們在海上航行，到了一個叫做「兩面國」的國家，這個國家的人有兩張面孔，當一個人看到衣著華貴的唐敖時，他一臉和顏悅色、滿面謙恭，令人覺得可愛、可親，可是當他看到衣著樸素的林之洋時，臉上冷冷的，也收起了笑容，謙恭也免了，說話也半吞半吐，面無表情。還有，這個國家的人，通常只露出一個面孔，用布巾把另外一個面孔蓋起來，露出來善良的臉背後，用布蓋起來的卻是一張惡臉，掃帚眉，血盆口，青面獠牙，滿臉橫肉。當然，兩面國裡的人有兩張面孔的譬喻是很明顯的，我們常常看到許多人在仁慈、善良、誠實的臉孔背後，是另外一付奸詐、狡猾、惡毒的嘴臉，尤其是當你把他的布巾揭開，露出不容易被人看到的另一張臉時，他會喊打喊殺、要你的命。

黑白美醜

回到杜立德醫生的故事，他把猴子們的病治好了，回家的路上還得經過后林奇這個國家，跟去程的時候一樣，又被國王捉起來了，這次他如何脫身呢？原來，后林奇國王的兒子邦波（Bumpo）王子，覺得自己的臉的顏色太黑了，他去找睡美人，睡美人也不喜歡他，所以他想要把臉漂白，杜立德醫生說：「那身體的顏色又怎麼辦呢？」邦波王子說：「那沒關係，我穿上盔甲，就和別的王子一樣了。」杜立德醫生的交換條件是邦波王子替他們準備一條小船，讓他們溜走開船回家。杜立德醫生準備了一個洗臉盆的藥，把邦波王子的臉按在洗臉盆裡一陣子，然後，杜立德醫生拿出一面鏡子給邦波王子看，邦波王子太高興了，他的臉真的漂得很白了，邦波王子跟杜立德醫生要那面鏡子，杜立德醫生不肯，因為他沒有把握，一些日子之後，邦波王子的臉會不會又變回黑色了。

讓我打個岔，講講《鏡花緣》裡，唐敖、林之洋和多九公訪問的「黑齒國」。那裡的人全身和牙齒都是黑的，一點朱唇，兩道紅眉，他們走在街上，大家禮節分明，男人走右邊，女人走左邊。唐敖跟兩個十四、五歲的女學生談學問，發現她們不但懂得很多，而且對《論語》、《禮記》有很多地方都與古人有不同的見解，加上伶牙俐齒，唐敖根本講不過她們。林之洋從船上帶來的脂粉，想要賣給當地的婦女，她們都不感興趣，她們要買的是書。唐敖在城門繞了一圈，說：「剛到的時候，沒有仔細看他們的面目，但是這一路看來，只覺得個個美貌無比，無論男女都是滿臉書卷秀氣，那種風流儒雅的神態，倒像是在這黑氣中透出來的，回想那些脂粉之流，反而覺得他們醜了。」

唐敖一行人，後來又到「白民國」。那裡泥土山石，都是白色的，田裡開著白色的花，農夫也穿著白色的衣服在田裡工作，城裡的牆是白色的，橋是銀色的，男女老少，個個面如白玉，唇白塗朱，白衣白帽，一概綾羅打扮，衣服大概都用異香薰過，芳香撲鼻。他們走到當地的學塾，看到老師學生都是衣帽鮮明，可是當他們開口讀書時，白字錯字連篇，真是虛有其表。

回到杜立德醫生的故事。在回家的路上，杜立德醫生和他的寵物們七嘴八舌，杜立德醫生有點內疚，擔心邦波王子的臉會變回黑色，但是又存著一絲希望不會再變回黑色，杜立德醫生說，王子有一副好心腸，不管他的臉是什麼顏色，能夠覺得自己好看就是好看了，這也是杜立德醫生不願意把鏡子留下來給邦波王子的原因。

我相信大家都聽過安徒生（Hans Christian Andersen）童話裡《醜小鴨》的故事，這個故事是說，鴨媽媽孵了一群小鴨，小鴨們看起來都很正常，只有一隻肥大笨重，毛色灰暗的小鴨，跟別的小鴨不一樣，牠被大家歧視排擠，自己單獨的落跑了。冬去春來，牠來到湖邊，看到一群美麗的天鵝，當牠看到湖中自己的倒影時，牠才知道自己也是一隻天鵝，而且湖邊的小孩都說，牠是最美麗的一隻天鵝，這個故事結尾的一句是“I never dreamed of such happiness as this, while I was an ugly duckling.”（當我是一隻醜小鴨的時候，我作夢也沒想到會這麼快樂！）

一連串講下來，從后林奇國裡的邦波王子黑色和白色的臉，杜立德醫生給他的藥和鏡子；唐敖在海外過到的「黑齒國」的才女和「白民國」的老師；到最後變成天鵝的醜小鴨，都有許多相似的道理。

最後，我還得把杜立德醫生的故事做一個結束。杜立德醫生在回家的路上，還遇到一群海盜，不過，在鯊魚、鯨魚、海豚的保護之下，他們還是逢凶化吉，平安回到家鄉。杜立德醫生帶著推推拉拉這隻兩頭羚羊到各地巡迴展示，靠著門票的收入，發了大財，他的結語是"Money is a terrible nuisance. But it's nice not to have to worry."（錢是一件討厭的東西。不過，不必為錢煩惱也真不錯。）

前面提到的故事《綠野仙蹤》，裡面的主題曲〈彩虹曲〉（Somewhere Over the Rainbow），在Youtube上可以找到一九三九年嘉蘭（Judy Garland）唱的原版，還可以找到英國一個六歲小女孩塔爾博特（Connie Talbot）唱的新版，這兩個版本都很動人。

星期二

人生就濃縮在短篇裡

安徒生童話：國王的新衣

安徒生是丹麥人，他是十九世紀有名的童話大師，他寫了一百多篇流傳很廣的童話，包括《醜小鴨》、《美人魚》、《拇指姑娘》、《賣火柴的小女孩》等等，我相信大家都讀過這些童話，今天我重新來講講他所寫的《國王的新衣》。

很久以前，有一位國王，他最喜歡做的事情，就是添置新衣服，他不管操練軍隊，也不喜歡看戲、打獵，他每個鐘頭，都要換上一套新衣服。有一天，城裡來了兩個騙子，他們在國王面前自吹自擂，說他們是紡織的專家，他們紡織出來的布料，不但顏色鮮豔、花紋美麗，而且只有聰明和能幹的人，才能夠看得到這些布料；愚笨和無能的人，卻什麼也看不到。國王聽了，非常高興，要他們馬上替他紡織，縫製這樣的一件新衣服，好讓他來判斷他身邊的人，哪些是笨蛋、傻瓜和無能的人。

這兩個騙子跟國王要了許多珍貴的金絲和銀線，架起兩臺紡織的機器，夜以繼日地工作。過了一陣子，國王想要知道新衣服的進度，而且他想得很周到，他擔心萬一到了織布房，自己卻看不到紡織機上面的布料的話，那不是證明他是愚笨無能的國王嗎？於是他派了一位他認為最可靠、最能幹的大臣先去看看，給他回報。這位大臣到了織布房，看到這兩個騙子，在空的紡織機上，忙個不停，卻看不到他們紡織的布料，正在納悶、著急的時候，這兩個騙子走過來，指手畫腳、口沫橫飛地描述這匹布料的顏色和花紋，還很有禮貌地徵求他的意見。這位大臣不敢承認他看不到這塊布料，不但讚不絕口，還答應馬上給國王回報，再供應他們更多的金絲銀線，作為材料。過了一陣子，國王又派了另外一位大臣去視察，也得到同樣的回報。這時國王美麗的新衣的消息，已經傳開來了，整個城市都講得沸沸揚揚。

終於有一天，國王自己帶著這兩位大臣和其他的官員來到織布房，兩個騙子馬上裝得非常忙碌地工作，先前來過的兩位大臣，就急著為國王和其他的官員描述這塊布料的顏色和花紋，雖然國王根本看不到他們描述的那塊布料，但是他馬上反應過來：「我不能顯得我是愚笨、我是無能的……」他也就大聲地接口，稱讚這塊布料是怎樣地美麗，表示極度的滿意，跟著國王來的大臣，也異口同聲地讚美、叫好，他們更建議國王，用這塊布料做一套新的衣服，在下次出巡的時候，讓全國人民開開眼界。

出巡的前一天，這兩個騙子整個晚上都沒有睡覺，忙著剪裁、縫紉國王的新衣。第二天，國王來了，他脫下舊的衣服，穿上彷彿像蜘蛛網一般輕盈的新衣，站在鏡子面前，一看再看，連聲問：「這套衣服做得合身嗎？」旁邊的大臣們，不斷地讚美、奉承。國王出巡的路上，老百姓夾道觀看，歡聲雷動，每個人都說：國王的衣服、圍巾和披肩都非常美麗，因為沒有人願意承認自己是愚笨、無能的。不過，人群裡突然有一個小孩子叫了出來：「國王根本沒有穿衣服呀！」這句話在人群裡開始傳開，最後老百姓一起叫：「國王根本沒有穿衣服呀！」國王聽到了，知道老百姓們是對的，但是他認為，出巡的行列不能夠停下來，他還是挺著腰繼續往前走。這就是大家都聽過的《國王的新衣》的故事。

互信的基礎

為什麼會想要講《國王的新衣》這個故事呢？在《神鬼交鋒》（*Catch Me If You Can*）這部電影裡，我們看到美國歷史上最年輕、最大膽的一個騙子阿伯尼（Frank Abagnale Jr.）的故事。我們知道，人和人之間的互信，是維持一個和諧美好的共同生活所必備的條件，但是欺騙別人的騙子，有很多複雜的動機；被欺騙的受害者，也有很多不同的原因和理由，我們可以從不同的故事，得到許多不同的教訓。

在《國王的新衣》這個故事裡，首先，當然國王是被那兩個騙子給騙了，無知、虛榮、貪婪往往是被騙子利用的心理。相信真的可以用金絲銀線，紡織成眼睛看不到的布料是無知；相信電話裡的警察的指示，為了安全的緣故，把銀行裡的存款，轉到別的戶口；相信喝了可以治高血壓、糖尿病、癌症、肝硬化、胃潰瘍的清水；相信電子郵件裡說，只要提供個人的銀行和戶口資料，就可以和對方平分五千美元的現金；這些都是事後看起來，非常無知的行為。想要擁有獨一無二、肉眼看不見、足以顯示國王尊榮的衣服，是虛榮；付一筆可觀的印刷費，名字就可以列在世界名人錄裡；你的兒子是天才兒童，必須付昂貴的學費，讓他進專門為天才兒童設立的幼稚園，都是虛榮心在作祟，讓我們被騙了。至於貪婪，更是騙子最常利用的心理，點石可以成金、每個禮拜可以保證有百分之五十的回報、買彩票必中的明牌，都正是我們說的貪婪的「貪」字，變成貧窮的「貧」字。

在《國王的新衣》的故事裡，國王先後派了兩個大臣去查核騙子們的工作進度，他們都回報國王說，看到了紡織出來的美麗布料，接下來每個大臣跟侍從們都這樣講，這就是典型的自欺欺人的心理。為了保護自己的利益、掩飾自己的愚蠢，當一個人犯了錯誤，發現了自己的缺點，往往不能夠面對真相，承認自己的錯失，接受應該承擔的後果，卻一口咬定：「我沒有錯！」來力挺、硬撐。當一個人看到別人的錯誤，也沒有勇氣去指出別人的錯誤，只是用不知道、不清楚來矇混過去，自欺欺人，用謊言來掩蓋謊言，結果是一個不可收拾的大騙局。

最後，當國王穿著他的新衣出巡，當老百姓歡聲雷動、拍手叫好的時候，第一個說出：「國王根本沒有穿衣服呀！」的人是一個天真未鑿的小孩子，他不懂得虛榮和貪婪，他沒有自欺欺人的心態，他還保有一顆赤子之心，眾人皆醉我獨醒，出淤泥而不染，這也是非常珍貴的特質。

國王的新衣續集

葉聖陶先生是中國近代有名的文學家，他寫小說、新詩、散文，更是中國最有名的一位童話作家、兒童文學的拓荒者。

葉聖陶先生說：安徒生先生沒有把《國王的新衣》的故事講完，接下來還有下半段：經過那位天真無邪的小孩的提醒，人群裡的老百姓都一起笑起來，一起大聲叫：「國王根本沒有穿衣服呀！」但是，國王裝著沒有聽到、裝出很得意的樣子，挺起腰往前走，國王身邊的大臣官員想要笑，卻又不敢笑，咬著嘴唇，隨著國王往前走。可是，老百姓卻不管那麼多，笑聲越來越大，國王生氣了，他跟身邊的大臣說：「我這套新的衣服美麗、高貴，你們不也是這樣說的嗎？為什麼這些老百姓這樣無知？你馬上宣布新的法令，他們這種行為是對國王不敬、是反叛的行為。」大臣當場大聲地把法令宣布出來，笑聲果然停止。可是，國王走了沒多遠，笑聲又起來了，從小到大，國王更生氣了，大臣馬上下令，吩咐士兵把所有在笑的老百姓，不分男女老幼一律捉起來。從此以後，國王在宮殿裡別的衣服都不穿，只穿這一套奇妙的新衣服，宮殿裡的侍臣和妃子，起初覺得很可笑，但是當然不敢笑，漸漸地也就習慣了。

可是意外總是會發生的。有一個妃子，端了一杯紅酒給國王喝，國王非常高興，一口喝下去，喝得太急，酒噴出來灑在胸膛上，妃子說：「哎呀！把胸膛弄髒了，趕快拿毛巾來替國王擦。」國王說：「妳說把什麼弄髒了？」妃子馬上改口說：「是把衣服弄髒了。」但是那已經太遲了。國王說：「妳說我沒有穿衣服，妳太愚笨、太不忠心，妳犯了法，必須受懲罰。」有一位老臣，很婉轉地跟國王說：「你這套衣服，穿了很久、也已經殘舊了，不如換一套別的衣服穿吧！」但是國王說：「這套奇妙的衣服，是不會舊的，你還叫我換，只是想叫我倒楣，姑且體諒你年紀大了，也服侍了我多年，不殺頭，關起來吧。」

自此以後，宮殿裡大家講話都特別小心謹慎。但是在外面的老百姓可管不了那麼多。國王每次出巡的時候，老百姓總禁不住指指點點、議論和譏笑，國王就下令殺人，不過，最後老百姓還是向國王要求言論的自由、嘻笑的自由，大家齊心合力，連同國王的侍臣和士兵們，把國王的新衣給撕破了。

葉聖陶先生的《國王的新衣》下半段的故事，是在民國初年寫的，他描寫的是一位自大、獨裁、凶暴的國王，最後還是被爭取自由的老百姓把他的新衣撕破了。幾十年以後的今天，自由、民主和法治的浪潮，自然不再容許這樣獨裁的暴君存在，但是，我們還是看到藉自由之名，侵犯別人的自由，在民主的大旗底下，用老百姓作為工具，精通法律而玩弄法律。古老的童話，還是有它的涵義和教訓。

另類版國王的新衣

我們也可以把《國王的新衣》的故事改寫一下。也許那個國王是很有心計的，當他派手下的大臣去查核兩個騙子的工作進度時，有些大臣回報，的確如同國王的預期，他們紡織出來的那塊布料，顏色鮮豔，花紋美麗，國王大大誇獎他們聰明能幹。有些大臣回報，他們根本看不到那兩個騙子在紡織那塊布料，國王就以他們愚笨無能為理由，把這些大臣都殺了。這正是中國歷史上「指鹿為馬」的故事。秦朝秦二世的時候，丞相趙高想造反，為了試驗一下朝中大臣有誰會對抗他，他把一隻鹿獻給秦二世，並說這是一匹馬，秦二世笑著說：「丞相錯了吧！把鹿說成馬了。」問旁邊的人，有人不說話，有的說是鹿，有的說是馬。事後，趙高就暗中把說實話的人殺掉了。

《國王的新衣》還可以有另外一個版本。國王穿著他的新衣出巡，回到宮殿，因為一整天沒有穿衣服在外面跑，著了涼病倒了。他吩咐手底下兩位重要的大臣共同主持國家的事務，但是從一開始，這兩位大臣之間就產生了歧見，一位大臣說國王的新衣是綠色的，另一位大臣說國王的新衣是藍色的。每個人都堅持他沒有看錯，每個人都堅持他看到的顏色是最美麗的，漸漸從宮廷裡的官員，到全國上下，也分開來成為兩個陣營，綠營和藍營，他們堅持國王的新衣是綠色或者是藍色的。因此，許多需要共同合作、共同努力的事情，都在綠和藍不同的前提之下，合作變成對立，努力變成抗爭。國王病好了，看到這個情形，他把大家召集起來跟他們說，我現在知道我這件新衣是不存在的，我相信你們也都知道是如此，用這件不存在的衣服的顏色，作為隔離分裂我們自己的理由，是最愚蠢不過的事情。

在一個民主自由的社會裡，我們要尊重、更要鼓勵不同的意見和聲音的存在、表達、討論和協調，如果用不存在的衣服的顏色，作為非理性討論的前提，讓它成為無法達到共識的絆腳石，受到傷害的不是別人，而是我們自己。我們看到別的國家，那裡的人民，穿著不同顏色的衣服，有白的、有黑的、有棕的、有黃的，但是他們不讓衣服的顏色變成一個分隔的屏障，他們在最近的一次全國選舉裡，展示了民主、和諧、包容的力量，當別人都在往前走的時候，我們怎能再走回頭路呢？大家聽了國王的話，都鼓掌起來了。

二〇〇八年，美國時間十一月四日的晚上，我在美國上飛機回臺灣前，在電視裡聽到歐巴馬先生勝利當選之後發表的演說，演說裡他談到兩黨政治的競爭，他說：“Let us resist the temptation to fall back on the same partisanship, and pettiness, and immaturity that has poisoned our politics for so long.”（我們不要再走回頭路，讓隔閡、小器和幼稚，一再毒害我們的政治環境。）接著他引用林肯的話：“We are not enemies, but friends, ... though passion may have strained, it must not break our bond of affection.”（我們不是敵人，我們是朋友，……情緒的衝擊，難以避免，但是我們之間彼此的愛的相連，是不能被破壞的。）希望你喜歡「國王的新衣」的故事。

與首飾有關的三則短篇小說

短篇小說之父

莫泊桑（Guy de Maupassant）是十九世紀的一位法國文學家，他寫了三百多篇短篇小說，甚至被認為是近代短篇小說之父，今天我想介紹兩篇他寫的短篇小說。

項鍊

第一篇〈項鍊〉（The Necklace），這篇小說的女主人翁是一位漂亮動人的女孩子，她出生在一個小公務員的家庭，沒有嫁奩，不可能有什麼期待，也沒有機會認識有錢有地位的男人。她嫁給了在教育部工作的一個小科員，她穿著很樸素，也沒有漂亮的衣服，更談不上晚禮服和珠寶，可是她很喜歡打扮，就像那是她與生俱來的喜好，她要讓別人開心和傾倒，也想要讓別人妒忌她、追求她。但家中簡陋的居處、陳舊的家具和破爛的窗簾讓她很不開心，那個幫她打理家務的傭人，也讓她看得不順眼，覺得很委屈；她夢想中的住處是有安靜的接待室、長長的會客大堂、精緻的小客廳、掛在牆上的織錦和絲綢、銅鑄打造的燈座、放滿了珍品的櫥櫃和穿著制服的僕人。當她對著她先生坐下來吃飯時，鋪在桌上的是三天沒有換洗的桌布，放在桌上的是一大鍋湯，她先生打開鍋蓋，迫不及待地叫「好喝，好喝」；但是，她夢想的是銀製的餐具、名貴的瓷器、美味佳餚、瀰漫著輕聲淺笑的晚餐。

有一天，她先生下班時，興高采烈的遞給她一個信封，裡面是教育部長夫婦邀請他們參加晚宴舞會的請帖，她先生特別強調，沒有幾個像他那麼低層的小科員能夠爭取得到這樣的一份請帖，但是她冷淡地回答她不要去，她的先生有點訝異地追問為什麼時，她哭了起來，因為她沒有晚禮服可以穿去參加舞會，她先生問，那麼要多少錢可以買到一套簡單、以後還可以再穿的晚禮服呢？她算了一下，說要四百法郎，她的先生臉色微微一變，就答應了，因為他正好有四百法郎的私房錢，本來是存下來預備買一把槍跟幾個朋友去打獵用的。

接近舞會的前幾天，她顯得很不開心和焦慮，她的先生說：「晚禮服不是已經準備好了嗎？」但是，她說：「我什麼珠寶都沒有，看起來很寒酸，在有錢人面前顯得寒酸是最大的羞辱。」她先生突然想起她在中學時一位有錢的同學，建議她去看這位好久沒有見面的同學，向她借一件珠寶來佩戴。她到了同學家裡，她同學毫不猶疑地打開她的珠寶箱讓她選擇，當她看到放在黑緞盒子裡的鑽石項鍊時，她的心在跳、手在抖，她把項鍊戴上，看著鏡子裡自己美麗的身影出神。

在舞會上，她出盡風頭，她比別的女賓都漂亮、高雅，卻又在歡樂裡帶點瘋狂，男士們都想要邀她共舞，她沉醉在喜悅中，忘形於她的美麗帶來的勝利。她一直跳舞到凌晨四點鐘，他先生和其他幾位男士早已躺在小房間裡打瞌睡了。她先生替她圍上她常用的披肩，和其他貴婦穿著的皮革相較，是明顯的貧富對比；別人都乘著自己的車回家，她和先生走到河邊才好不容易找到一臺破舊的計程車回家。

回到家裡，脫下披肩，她突然尖叫起來，發現她借來的項鍊弄丟了。她先生穿上衣服，沿著回路一步步地去找，早上七點鐘，他兩手空空回到家裡。他們去報警、在報上懸賞、去找計程車行都一無所獲，一個禮拜之後，什麼希望都消失了，她看起來就像老了五歲。她按照裝項鍊的黑緞盒子上面的地址找到那個珠寶商，可是他們沒有賣過這樣一條項鍊的紀錄，她一家家珠寶店去問，最後，在一家高貴的珠寶店裡找到一條幾乎完全一樣的項鍊，要價三萬六千法郎，她手上有她爸爸留給她的一萬八千法郎，她的先生千方百計、東拼西湊也管不了高利貸的利息借來了另外的一萬八千法郎，把項鍊買下來。

她把項鍊還給她的朋友，她的朋友連盒子都沒有打開，只是冷冷地說：「你該早點把項鍊送回來，說不定我也要用。」

她把傭人辭退了，一手做所有粗重的家事，把家搬到一個比較便宜的地方，她先生晚上打零工賺外快。十幾年下來，他們把債還清了，她的確看起來很衰老，就像一個典型的貧窮老婦人，粗壯、硬朗、刻苦，整天為家務操勞。可是，偶然當她的先生出門上班時，她會坐在窗前，想起很久以前那個快樂的晚上，在舞會上美麗動人的她，假如她沒有丟掉那串項鍊，她生命會有怎樣的不同？誰知道？誰知道？

辛苦了一個禮拜之後的某個禮拜天，她在香榭大道上漫步散心時，看到了借給她項鍊的女同學，拖著一個小孩子，她依然美麗、依然年輕、依然迷人，她想既然借的債已經還清了，就鼓起勇氣跟她打招呼，要把過去的事說給她聽，她的女同學幾乎認不得她，「妳怎麼變得這麼老了！」「因為妳的緣故，我過了十年貧困的生活。」「為什麼？」「我把妳借給我的項鍊弄丟了，我另外買了一條還給妳，我們花了十年的時間，才把債還清，我們過得很辛苦，但是整個事情終於告一段落了，我很開心。」「妳說妳還給我的是另外買來的一條項鍊？」「是的，妳居然沒有發現，那我的確找到一條跟原來很像的項鍊啦！」一邊說她一邊笑，帶著一份驕傲和純真的歡欣，她的同學很激動地拉著她的手說：「可憐的妳，那條項鍊是一件贗品，頂多只不過值四百法郎而已！」這就是莫泊桑寫的〈項鍊〉的故事。

我相信大家都想問一個問題：她同學有沒有把真的鑽石項鍊還給她？小說裡沒有告訴我們，也許她同學確實把鑽石項鍊還給了她，她把項鍊賣掉，手上拿著三、四萬法郎，生活條件也就大大改善了；也許她同學的確把鑽石項鍊還給了她，但是她把項鍊收起來，留給她五歲的女兒；也許她同學要把鑽石項鍊還給她，但是她拒絕了，因為她已經習慣了目前的生活，這條項鍊對她已經沒有意義了；也許她同學根本沒有提起要把鑽石項鍊還給她，只是淡淡地說再見吧！

看完〈項鍊〉的故事之後，也許許多人的第一個反應是虛榮心害得女主人翁和她的丈夫受了十年的苦，不過我倒覺得我們也不妨有些不同的觀點，「虛榮」和「得體」的分界，往往是模糊的，穿一件漂亮的晚禮服、戴一件首飾去參加一個正式的晚宴舞會是得體多於虛榮。她花了四百法郎去買她的晚禮服，那只是她丈夫買一把槍去打獵的錢，買一把槍也可以算是豪華的消費呀！她向她的好同學借了一串項鍊，她同學樂於幫她一個忙呀！我反而覺得可以苛責的是她的好同學是不是因為虛榮心作祟，而沒有跟她講清楚那只是一條假鑽石項鍊呢？

我覺得我們不必一定把女主人翁看成一個因為無心錯誤而受盡折磨的女子，她是一個負責任、勇敢地堅強面對事實的女子，小說裡說「當她發現她要借一大筆錢，來買一條項鍊償還給她同學時，她馬上體會到窮人所過的是如何貧困的生活，但是她以突來的勇氣擔當一切，債一定要還，而且她會把債還清。」雖然莫泊桑在小說裡沒有告訴我們，但是，他們夫婦慢慢把債還清，漸入佳境的十年婚姻生活，何嘗不可能是溫馨美麗的十年呢？

假珠寶

莫泊桑有另外一篇短篇小說〈假珠寶〉（The Jewelry）。

故事裡的男主人翁是一個有穩定工作的公務員朗丁先生（Mr. Lantin），他在他上司家裡的一個晚會上，認得一位年輕貌美的女孩子，她滿臉的笑容反映出背後純潔可愛的心靈，她的爸爸剛去世不久，她和媽媽搬到巴黎來，目的就是希望她在巴黎找到一個好丈夫，她們母女安靜、低調、誠實，雖然她們並不富有。朗丁先生向她求婚，也被接受了。

朗丁夫人很會管家，雖然朗丁先生收入有限，但是他們過著舒服甚至可以說是豪華的生活，朗丁夫人照顧朗丁先生無微不至，結婚六年了，朗丁先生還覺得他比他們新婚蜜月時更愛朗丁太太了。但是，有兩件朗丁先生不喜歡的事情：朗丁太太喜歡去看戲，她的朋友常常替她買到戲院包廂的票，朗丁先生白天在辦公廳累了一天，還是得陪她去看那些他覺得枯燥無味的表演，另外一件事情是，朗丁太太很喜歡收集假的珠寶。

過了一陣子，朗丁先生對陪夫人看戲的事，找到解套的辦法，他建議朗丁夫人找她的女朋友陪她去看戲，自己留在家裡休息，雖然起初朗丁夫人不願意，後來她還是接受了。

至於她喜歡戴假的鑽石耳環、假的珍珠項鍊、假的黃金手鐲，雖然朗丁先生跟她說：「我們買不起真的珠寶，自然純真的美就足夠了。」但是朗丁夫人說：「這是我唯一的弱點。」有時候，他們兩個吃過晚飯，坐在火爐旁邊，朗丁夫人就一一欣賞她放在珠寶箱裡、朗丁先生叫它們垃圾的假珠寶，朗丁夫人會拿著這些珠寶說：「你看，這是不是跟真的一樣！」朗丁夫人也會深情地把玩這些珠寶，似乎這些珠寶的背後有一份不可以言傳的歡欣。

不幸的事情發生了，有一天，朗丁夫人看戲回家，著了涼，轉成肺炎，八天之後就過世了。朗丁先生極度悲傷，不到一個月，他的頭髮全白了，心碎而流淚的他無法忘記朗丁夫人的聲音和笑容。同時，現實生活也成了問題，他發現他的收入不足以應付家用的開支，更加沒有辦法想像怎樣維持朗丁夫人在世的時候，家裡經常享用美酒佳餚的好日子。

朗丁先生陷入了貧窮的困境，他忽然想到一個主意，變賣一些夫人留下來的假珠寶來補貼生活費用，他找了一條拿在手上相當沉重的項鍊，估計大概可以賣六個或者七個法郎。他走到一家小珠寶店去，店主反覆小心地看了好久，說這條項鍊大概值一萬兩千到一萬四千法郎，朗丁先生差點笑出來了，心想：「這個笨蛋，連假的珠寶都看不出來！」幾分鐘之後，朗丁先生跑到巴黎最大的一家珠寶店，店主一眼就認出來，這是從他的店裡買的珠寶，按照他的紀錄，的確是一段時間以前送到他們家的地址，收件人也正是朗丁夫人。店主說：「得先把項鍊留在這裡，讓我查證一下，明天你再回來，沒有別的問題的話，我願意用一萬八千法郎把項鍊買下來。」

朗丁先生走出珠寶店，他弄糊塗了，他的夫人哪裡來的錢買這麼貴重的珠寶呢？但是，他明白了，那一定是一份禮物，一個可怕的疑問浮現他的腦海，那麼別的珠寶也都是真的、也都是禮物嗎？他一個晚上睡不著，整夜在哭泣。第二天，他想要忘記，但是不能忘記留在珠寶店那條項鍊，他回到珠寶店去，店主說：我已經查證清楚了，沒有問題，我現在就付你一萬八千法郎。朗丁先生的手發抖著，接下一大疊法郎鈔票放在口袋裡。

朗丁先生把其他的珠寶也都賣掉了，共賣得了十幾萬法郎。他包了一部車在城裡到處走，跟別人大聲說：「我有二十萬法郎的身家！」他把工作辭掉了，跟他的上司說：「突然得到超過三十萬法郎的遺產！」他到最高貴的餐廳吃飯，告訴坐在他旁邊看起來就像貴族的一個人，他手裡有四十萬法郎的現款，他發現去戲院看戲也挺有趣的，並不是那麼枯燥。六個月之後，朗丁先生又再結婚了，他再婚的夫人是個品德很好的女孩子，但是她的脾氣很壞，把朗丁先生煩死了。

到底朗丁夫人的珠寶是哪裡來的呢？也許大家的猜想和朗丁先生的猜想都差不多。莫泊桑沒有告訴我們，朗丁先生有沒有想過，假如朗丁夫人沒有不幸過世，他還會繼續過著舒適甚至是豪華的生活，朗丁夫人會繼續疼愛照顧他，讓他在結了婚十年、二十年之後，還比蜜月期中更愛朗丁夫人；朗丁先生有沒有想過，假如在朗丁夫人逝世之後，他把夫人的珠寶當作垃圾丟掉。他會怎樣懷念朗丁夫人？到底朗丁先生知道得太多？還是知道得太少？

世界上有很多事情，知道是知識，不知道是無知；可以知道但是沒有知道，可能是幸福；知道了卻裝作不知道，可能是智慧；不必知道卻強行要知道，也許就是愚笨了吧。

亨利・詹姆士的贗品

另外，我要為大家介紹十九世紀有名的文學家亨利・詹姆士（Henry James）的一篇短篇小說，叫做〈贗品〉（Paste）。

亞瑟（Arthur）的父親生前是一位牧師，他在三個禮拜前過世，很不幸他的繼母在幾天前也跟著走了。亞瑟正在和他的表姐夏綠蒂（Charlotte）一起處理他繼母留下來的遺物，亞瑟的表情似乎是悲哀而沒有多少痛苦，他跟夏綠蒂說：「妳來看，我又找到了許多東西。」

夏綠蒂是個聰明伶俐的女孩，在一個有錢人的家裡當管家，她請了一個月的假回來幫忙，她希望能找到一些遺物帶回去作紀念。夏綠蒂在一個老舊的匣子裡發現一大堆鑽石、紅寶石、藍寶石的首飾，還有閃閃發光的金屬和玻璃的裝飾品，當然，這不是從教堂裡來的東西，亞瑟的繼母也不可能擁有貴重的珠寶，她曾經在戲院裡當過小演員，但那說不上多采多姿，很可能還是折磨滿多的一段生涯。

亞瑟說：「這倒是她生前從來沒有提起過的舊東西。」夏綠蒂不表示任何意見，淡淡地說：「看起倒是滿特別的。」亞瑟說：「這真夠難看，便宜的鍍金首飾，馬鈴薯一樣大的鑽石，這都是老一代的戲子們穿戴的粗陋首飾。」夏綠蒂說：「可是，現在也有女演員會戴真的鑽石呀！」亞瑟冷冷地說：「也許有些吧！」夏綠蒂說：「我是說那些不會演戲或者根本沒有戲的小配角。」亞瑟說：「沒有戲的小配角戴的才是最大的鑽石呢！但是媽媽不是那種人。」夏綠蒂大膽地問下去：「你說她不是一個沒有戲的小配角嗎？」亞瑟避而不答：「總之，不是一個戴大鑽石的小配角就是了。」

接著，話鋒一轉：「妳看，這些垃圾，真的不值幾個錢。不過，妳要不要留幾件下來作紀念？」夏綠蒂隨手拿起兩、三件來看，都是俗不可耐的贗品，她還說：「這總可以賣幾個錢吧！」亞瑟說：「值錢的話，她早就賣掉了，我父母親從來沒有錢可以留下來。」他又補了一句：「假如妳在這裡找到什麼值錢的東西，歡迎妳把它留下來。」夏綠蒂看了一下，找到一個小包，裡面有一串珍珠項鍊，大顆的珍珠項鍊，拿在手上也相當沉重，她說：「這不一定是贗品吧！」亞瑟說：「這些珍珠晦暗無光，肯定是贗品，更何況，坦白來講，她哪裡來這麼一串真的珍珠項鍊呢？」夏綠蒂說：「也許是別人送的吧？」亞瑟看了她一眼，好像表示這不是一個得體的問題，接著說：「妳認為女演員會有很多圈外的來往嗎？那是不可能的。」

第二天，當夏綠蒂要坐火車回她工作的地方時，亞瑟還特別重複：「妳千萬不可以認為我的繼母是一個輕易和別人往來的人。」夏綠蒂說：「我明白，我先前講的話有點不小心。」她接著說：「那串珍珠項鍊看起來就是粗劣的贗品，項鍊的環扣好像也不是純金的。」亞瑟說：「那肯定是贗品。」可是，又轉過來說：「假如那不是贗品，她又把它保存了那麼久，難道……」然後他就講不出來了。

夏綠蒂回到她工作的地方，主人正好要在家裡辦一個一連五天的盛筵，請來一個幫有錢人辦宴會的專家紀太太。當紀太太意外地看到在夏綠蒂帶回來那一堆珠寶飾物裡的珍珠項鍊時，她大感興趣，「那是姑姑留給妳的嗎？」「不是，是她過世後，表弟和我在她的遺物裡找出來的，表弟就把它送了給我。」「表弟一直都對妳那麼好嗎？」「妳為什麼會這樣問？」「妳知道那串珍珠項鍊是真的嗎？妳的表弟知道那是真的嗎？」

當紀太太把那串項鍊戴上時得意極了，她告訴夏綠蒂，珍珠項鍊肯定是真的，只是多年被埋藏和遺忘，就像睡著了一樣，珍珠需要常常被穿戴跟讚賞才會愈來愈有光澤。夏綠蒂說：「那我該怎麼辦？表弟把它和別的珠寶飾物送給我時，以為它是假的。」紀太太說：「難道妳想要還給他嗎？我可不懂，他自己是傻瓜。」夏綠蒂說：「是呀！我記得我還特別指出這串項鍊跟別的珠寶看起來是很不同的。」紀太太說：「那就好了。」

夏綠蒂接著往下說：「那麼，這串項鍊是從哪裡來的呢？」紀太太說：「妳說可能是偷來的嗎？」「不可能，不過，姑姑以前是一個演員。」「她長得好看嗎？」「年輕時看起來還很不錯。」紀太太說：「原來如此。」夏綠蒂說：「那妳認為這是別人送的禮物嗎？可是，表弟很不喜歡這一個說法，表弟的生母很早就過世了，繼母很用心地照顧他，看著他長大。」她的思路變得混亂了，既然項鍊是真的，她該把它還給表弟，但是，她要不要考慮若無其事地把項鍊和逝去的往事完全埋藏起來。紀太太說：「妳也可以把項鍊賣掉。」紀太太有意無意地下了一個伏筆。夏綠蒂不由得問：「那麼姑姑為什麼沒有把項鍊賣掉呢？是不是這也代表一份記憶呢？」

晚上的宴會上，紀太太向夏綠蒂借了那串項鍊，戴在她白白淨淨的脖子上，神采飛揚。五天的宴會結束了，雖然紀太太很想出點主意，插一手，把珍珠項鍊買下來，但是，夏綠蒂還是決定把項鍊還給表弟，她跟紀太太說：「這串項鍊還得由表弟來處理。」

過了幾個月，夏綠蒂才得空去看她的表弟，她把項鍊帶給他，跟他解釋這串項鍊是真的。亞瑟的臉色變得蒼白，冷冷地說：「我不相信！」還顯得有點憤怒地加了一句：「妳知道這是令人痛心的影射。」她說：「我是一個局外人，假如你不相信這串項鍊是真的，我也沒辦法。」他重複地說：「這是低等的贋品。」夏綠蒂問：「那麼我可以把它帶回去嗎？」亞瑟說：「我要徵詢別人的意見，我要去找一家高級珠寶店裡的人來看看。」她問：「如果他們說項鍊是真的呢？」他回應她：「那是不可能的！」

過了一段期間後，夏綠蒂在她主人的一個宴會結束時，遇到紀太太，紀太太迫不及待地問夏綠蒂有沒有看到她脖子上的珍珠項鍊，夏綠蒂說：「這跟亞瑟那一串項鍊很像呀！」紀太太說：「這就是亞瑟那一串，我費了好些力氣在一間高級的珠寶店找到的，亞瑟把項鍊賣掉了。」夏綠蒂說：「把項鍊賣掉了？亞瑟還寫信罵了我一頓，說我的想法對他繼母很不敬，他已經把那串假的項鍊打得粉碎了。」

紀太太回去了，夏綠蒂倒記起，紀太太曾經問過她亞瑟的地址，所以，到底紀太太有沒有去找過他呢？

真與假

在莫泊桑的短篇小說〈項鍊〉的故事裡，莫泊桑描寫一位漂亮動人的女孩子，出身平凡，嫁給了一個小公務員，過著平淡的生活。為了參加教育部長的晚宴舞會，花了一大筆錢買了一件晚禮服，還向她很富有的高中同學借了一條鑽石項鍊，不幸在舞會裡或者在舞會回家的路上，她把項鍊搞丟了，她借錢買到一條相似的項鍊還給她的同學。為了還債，他們兩夫婦過了十年辛苦貧困的生活，當她再遇到她的高中同學時，她才知道，原來丟掉的項鍊是一件贗品。

在莫泊桑的另一篇小說〈假珠寶〉的故事裡，男女主角朗丁先生和朗丁夫人，朗丁先生是個小公務員，收入微薄，但是朗丁夫人很會管家，照顧朗丁先生無微不至，生活也過得很舒適，朗丁夫人喜歡看戲，又喜歡收集耀目的假珠寶。朗丁夫人不幸病逝了，當朗丁先生生活過得越來越貧困時，他把朗丁夫人留下來的假珠寶拿到外面變賣，卻發現它們是貴重的真珠寶。

在〈項鍊〉的故事裡，女主人翁以為是真的鑽石項鍊，原來是假的；在〈假珠寶〉的故事裡，朗丁先生以為是假的珠寶，原來是真的；在亨利・詹姆士〈贗品〉的故事裡，亞瑟和夏綠蒂以為是假的珍珠項鍊，卻原來是真的。

詹姆士和莫泊桑是同一個時期的小說家，詹姆士刻意把莫泊桑〈項鍊〉的故事倒過來寫。

不過，在〈贗品〉故事裡的幾個人物對那串珍珠項鍊是真是假的反應是比較複雜的，起初亞瑟和夏綠蒂都認為那串項鍊是假的，因為亞瑟的父親和繼母一直過著清貧單純的生活，可是當他們發現那串項鍊是真時，他們馬上的反應是「那是不可能的」，因為他們不願意把這串真的項鍊聯想成是一份貴重的禮物。當夏綠蒂知道這串項鍊是真的時，她毫不猶豫地要把它還給亞瑟；可是當亞瑟被告知這串項鍊是真的時，他一口咬定項鍊是假的，把夏綠蒂打發走，後來他告訴夏綠蒂他把項鍊打碎了，他的確還是認為項鍊是假的呢？還是他出於憤怒，出於躲避真相，而把項鍊打碎了呢？還是他真的像紀太太所講，把項鍊賣掉呢？至於紀太太呢？真的在珠寶店找到那串項鍊嗎？還是她偷偷跑到亞瑟家和他作了一個交易呢？

最後，夏綠蒂心安理得，因為不管是真的還是假的，她把項鍊還給了亞瑟，她壓根沒有想過要把項鍊偷偷留下來處理掉。亞瑟應該是發了一筆小財吧，不知道他有沒有想過該分一半給夏綠蒂？至於紀太太呢？她用了一點心思，最終還是得到她喜歡的項鍊。

其實，在莫泊桑〈假珠寶〉的故事裡，朗丁先生和亞瑟的心態有很多相似的地方，起初他不願意面對那些珠寶到底是真的、還是假的這個問題，可是當他知道了、接受了真相之後，他放得很開，好好享受他的財富，只是他後來再婚，過得並不快活。

在《紅樓夢》第五回裡，賈寶玉神遊太虛幻境時看到一副對聯「假作真時真亦假，無為有處有還無」，意思是：把假的看成真的，其實真的何嘗不也是假的；把沒有變成有，其實有也何嘗不是沒有。真和假、有和無，不見得是一定可以一分為二的觀念。

在這三篇小說裡，作者接受了一個前提，那就是珠寶的真假、財富的有無是絕對的、可以驗證的、可以一分為二的。也許在一個珠寶商的實驗室裡，真和假的鑽石、真和假的珍珠是可以毫無疑問地斷定的；也許在銀行的帳目裡，有錢和沒錢是可以毫無疑問地清算的。但是，一個大老闆送給女朋友晶亮無瑕、價值連城的鑽石、耳環和一個小科員勉強買得起不到一克拉的鑽石訂婚戒指，何嘗不都是真的鑽石？超過十億的存款，是不是真的比一個小科員每個月努力賺來的幾萬塊的薪水要多得多？更何況，大人物講的話都是真理嗎？辯護律師的證詞都是真相嗎？阿諛奉承代表的都是真的尊敬嗎？甜言蜜語表達的都是真愛嗎？霧裡的花，看不清楚，卻是真的；水中的影，清晰明亮，卻是假的。真真假假，假假真真，有時是無法斷定的。

不過，在這三篇小說裡，作者也給我們很多的啟示。即使珠寶是真是假，已經有一個定論，一定要把真相找出來是不是必要？知道真相是不是一定會快樂？不知道真相會不會是福氣？知道真相卻當作不知道，需要的是智慧；硬要從一個固定的觀點去解釋真相，那可能就是愚蠢了。

最後，我倒很喜歡這三篇小說裡主人翁的命運，〈項鍊〉裡的主人翁，無怨無尤的把債還清了；〈假珠寶〉裡的朗丁夫人，上戲院、收集珠寶，還好好的照顧朗丁先生；〈贗品〉裡的夏綠蒂，把項鍊交還給她的表弟，心安理得，也不管亞瑟怎樣去處理那條項鍊。其實，在一個假假真真的世界裡，能夠盡自己的心、盡自己的力，何嘗不就是最容易依隨，也最能夠讓自己快樂的原則呢？

星期二

影射現實的成人寓言

一九八四

為對抗極權而誕生的名著

英國小說家歐威爾（George Orwell），本名布萊爾（Eric Arthur Blair），他有兩本非常有名的著作，一本是《動物農莊》（*Animal Farm*）在一九四五年出版，這是一本以動物為主角的寓言，另外一本書名是《一九八四》（*1984*），在一九四九年出版，描寫一個叫做大洋洲（Oceania）的虛擬國家裡人民的生活情形。這兩本書用譬喻、諷刺和虛擬的方式描述一個極權主義政府的架構和運作，及在極權主義政府底下，小老百姓的生活情形。歐威爾的小說反映了他在二次大戰前後對德國希特勒（Adolf Hitler）的納粹主義政府、義大利墨索里尼（Benito Mussolini）的法西斯政府主義、西班牙佛朗哥（Francisco Franco）的獨裁主義政府，特別是蘇聯史達林（Joseph Stalin）的極權主義政府所作所為的觀察和體驗，透過這兩本小說，他對極權主義會帶來的痛苦和災難提出警告。

當然這是五、六十年以前寫的書，其中描述的是五、六十年以前的歷史背景，但是到了二十一世紀的今天，環顧全世界，我們依然可以看到許多歐威爾描寫的極權主義政府的例子。絕對的權力追求，即使開始於理念和抱負，往往無法逃避隨著權力而來的財富和英雄主義的誘惑，因此，為了獲得和鞏固絕對的權力，戰爭、鬥爭、迫害、控制監管和剝削勞役都成為常用的手段，而最後帶來的是貪腐、浪費、貧窮、動亂和滅亡。古人說：「後之視今，亦猶今之視昔。」所以當我們談歐威爾的書時，我們不但看到五、六十年以前的歷史，也看到近六十年來一再重複發生的事件中的影子，更不能排除那是為未來的五、六十年所作的預告。而極權主義也不限於政治社會的整體全面控制，在軍事、經濟、資源、言論、學術上，極權主義存在的例子，也比比皆是，所以當我們談歐威爾的書時，也應該宏觀的解釋書裡所描述的各個不同的面向。

造神運動與箝制思想

《一九八四》這本書裡的大洋洲是個一黨專政的國家，黨的領導人就是國家的領導人，叫做「老大哥」（Big Brother），在小說裡沒有說清楚到底老大哥是一個人還是虛構的形象。他有至高無上的權力，什麼事都可以管；他有至高無上的智慧，永遠都是對的；他更是無時不在、無處不在。在大洋洲裡一句最重要的口號就是「老大哥正在看著你」（Big Brother is watching you.），沒有任何事情可以逃過老大哥的法眼，也沒有任何事情可以跳出老大哥的掌心，這就是在統治驅動群眾的手段裡所謂的「造神運動」（Apotheosis）。其實在古老的希臘、羅馬和中國文化裡，都有把死去的統治者或英雄人物提升到神的地位的做法，例如三國時代的關羽，在中國很多地方被當作神來膜拜。從統治領導的觀點來看，造神運動是要把活著的領導人、統治者神格化，讓他們得到群眾的敬畏，甚至愛，因而達到全面領導、統治的目的。

正如在《一九八四》這本書裡所說，你不能懷恨老大哥，即使尊敬他還是不夠，你還必須愛他。像德國的希特勒、蘇聯的史達林、中國的毛澤東、北韓的金日成、古巴的卡斯楚，都是被神格化的威權領導者。今天在民主國家裡，政治上的領導人已不再輕易地被神格化，甚至有一個幽默的說法「神仙老虎狗」，那就是在民主國家裡，領導人到底被視為神仙？還是老虎？還是狗呢？

在大洋洲裡，「老大哥正在看著你」不只是一句口號而已，在任何地方都有雙向的電視螢幕和麥克風，可以隨時把公告、命令和宣傳的資料傳達給每個人，也可以同時監視每個人的一舉一動、一言一行。舉例來說，每天十一點鐘，電視會播出叫做「兩分鐘的仇恨」的短片，反覆述說領頭背叛政府的反對分子的罪行，也播出要灌輸入人民腦袋的口號：「戰爭就是和平，自由就是奴役，無知就是力量。」除了控制言行舉止外，政府更要控制人民的思想，政府有思想警察的組織，思想警察的責任就是逮捕懲罰犯了「思想罪」的人，思想罪就是在腦子裡存有政府不允許有的思想。

書裡有句話「死亡不是思想罪惡的後果，思想罪惡本身就是死亡」，換句話說「死亡不是思想罪惡的後果」，只是提出警告不要犯思想罪，因為後果會很嚴重，「思想罪惡本身就是死亡」，卻是嚴厲地說「不可以犯思想罪」，這正是說對思想的控制是從基本的大腦出發。政府也有告密的線民，打小報告，告發別人的思想罪，還有少年偵探隊負起告發大人，特別是自己的父母家人犯的思想罪的責任。

到了二十一世紀的今天，「老大哥正在看著你」這句話已經成為大家常用而包羅更廣的一句話。首先從技術的觀點來說，歐威爾在六十年前，只預想到雙向的電視螢幕，今天我們除了錄影、錄音的工具外，還有手機、電腦、網路、人造衛星等收集、傳遞、儲存、搜索資料的技術和工具，我們的狗仔隊也遠比大洋洲裡的少年偵探隊來得有效率，有了這些技術，老大哥對人民的監管，的確是鉅細靡遺、瞭如指掌。

而且，這個老大哥除了政府之外，也包括銀行、電信公司、航空公司和提供網路服務的公司，例如Google、Yahoo等等。一個人的收入，稅務局有詳細的紀錄；一個人的健康狀況，衛生署經由健保卡有詳細的紀錄；一個人用信用卡在何時何地買了什麼東西，銀行一筆筆的記下來，他的信用卡按月付款的紀錄，也顯示了他的經濟周轉能力；電信公司有完整的通聯紀錄，和誰通話，講了多久都是現成的資料；一個人使用網路，瀏覽哪些網站，在網站上買什麼東西，網路服務公司都知道。

毫無疑問，掌握了這些資料，就掌握了很大的權力和影響力。今天雖然我們沒有狹義的極權主義政府在監視控管我們，但是我們政府的某個部門、某個企業、某個媒體集團都是看著我們的老大哥，也都有成為極權老大哥的危險。

四個充滿諷刺意味的部門

大洋洲的政府有四個部門：「和平部」（Ministry of Peace）、「豐裕部」（Ministry of Plenty）、「大愛部」（Ministry of Love）和「真理部」（Ministry of Truth），這些部門的責任和工作正和它們名字的含義相反。

和平部管的是軍事和戰爭，它的責任是維持永久的戰爭狀態，這也正是上面講過那句口號「戰爭就是和平」的意思。和平部要對抗外力的入侵更要應付虛擬的外力挑釁。一個極權主義的政府，除了要靠強大的軍事力量，鞏固它在世界政治舞臺上的地位，同時，極權主義的統治者以慣用伎倆來應付內部問題，就是用虛擬外力挑釁來轉移人民的注意力，當國家永遠處在戰爭狀態時，人民對許多內部問題只能接受、容忍和犧牲了。

豐裕部主管大洋洲的計畫經濟，負責生產分配人民的生活必需品，甚至負責捏造美麗的數據和資料來掩蓋計畫經濟的失敗。豐裕部的任務除了管理人民生活之外，還有兩個更深的層次，第一、要把生產生活必需品的資源轉移到生產軍事武器上，犧牲人民的生活條件而增強武裝實力；第二、站在統治者的立場，貧窮的人民要比富足的人民容易統治，所以也不要讓他們過得太好。

大愛部的責任是偵查逮捕犯了思想罪的人，用恐懼、憎恨、折磨和酷刑等手段來懲罰他們、改造他們的思想及他們的腦，負責處理思想罪的思想警察就是隸屬大愛部。大愛部的大樓沒有窗，堅牢的鐵門周圍都是鐵絲網，裡面的燈永遠開著，正如小說裡的描寫「那是一個沒有黑暗的地方」。上面講過大愛部的名稱和它們的責任跟工作是正好相反的，另一個解釋是大愛部要把對統治者老大哥的愛，灌輸到每一個犯了思想罪的腦子裡去。

真理部是小說裡的主角史密斯（Winston Smith）工作的地方，他只不過是真理部的小職員而已。真理部的大樓外面有三個大標語「戰爭就是和平」、「自由就是奴役」、「無知就是力量」。真理部負責歷史紀錄、媒體報導、娛樂活動和教育工作，他們有一句口號是「能夠控制過去就能夠控制未來，能夠控制現在就能控制過去」，所以真理部的任務之一就是篡改歷史。

當然，站在學術的觀點來說，「歷史的確不過是大家共同接受的一個描述而已」，但是當這句話被改成「歷史不過是大家共同接受的一個謊言而已」的時候，真理部就負起修改過去歷史的責任了。毛澤東講過「一個重複了一百次的謊言就成為事實了」，中國歷史上也有秦朝丞相趙高「指鹿為馬」的故事。真理部還負責把老大哥塑造成一個英明睿智的形象，掩蓋政府的過失，譬如說老大哥在一場演講裡對世界政治情勢作了一個誤判，因此必須把原來的講詞改過來。

不久前政府對經濟成長預估的數目和實在的結果有差距，那麼這兩個數字必須作一個調整，讓預估和結果完全一致。在二十一世紀的今天，雖然在民主國家裡沒有真理部，但是每國家都有新聞局、總統府發言人，還有規模龐大鋪天蓋地的媒體，雖然他們都以報導真相、發掘真相為目標，但是他們也必須以大洋洲的真理部的所作所為作為警惕。

獨特的語言與思想

大洋洲的語言是一種新的語言叫做「新語」（newspeak），新語裡有一個極端的觀點，是「不能夠說出來的觀點，就變成不可以想到的觀念，就變成不存在的觀念」。站在學術的觀點來看，語言是表達思想的工具，豐富的語言才能夠把思想精準地表達出來，同時語言也影響思想的發展。

大洋洲語言是以控制思想為目的而設計的語言，它是世界上唯一字和詞的數目會逐漸遞減的語言，因此許多舊觀念會隨著表達這個觀念的字和詞的消失而消失，許多新觀念因為沒有可以用來表達的字和詞而不能被引進，例如在語言裡沒有自由和反抗這兩個詞，那麼自由和反抗這兩個觀念就不會再存在了。在新語裡每個字義都清楚而不模糊，這也反映了極權政府思想控制的手段。當一個語言逐漸萎縮的時候，許多故有的文化傳統和遺產就逐漸萎縮消失了，在小說裡就提及，到了二〇五〇年，莎士比亞、拜倫等的作品都會改用新語的版本，不但原來外在的聲韻和結構會改變，它們的含義也會改變，甚至變成和原文相反。

在我們生活的世界裡，語言是活的，是不斷隨著時間而改變的，但我們希望語言要朝著變得更豐富更活潑的方向，火星文、外來語和方言都有增強、加分的作用，但是不能夠以古老困難的藉口而讓我們的語言文字萎縮。

在大洋洲裡有一個重要的思考方式叫做「矛盾思想」或者「雙重思想」（double think），那是一個思想控制的做法，矛盾思想是同時接受兩個相反的理念，首先，矛盾思想並不等於虛偽，虛偽是心裡只接受一個理念，口頭上可以接受一個相反的理念。在矛盾思想的控制之下，當敵人說黑就是白，一千人會說那是錯誤的，當領導人說黑就是白，他也會服從領導的指示；知道接受一個事情的真相，也都會同時編出一個與事實完全相反的謊言；知道貪汙是罪行，也認為貪汙是一個必要的手段，都是矛盾思想的例子。

最後，我得簡單的提一下，在一個極權主義的社會裡，獨立不同的人性是沒有存在空間的，人和人之間的關係是單方面，甚至是單功能的。在小說裡，男主角史密斯和他的女朋友茱莉（Julie）的交往和他的上司奧布萊恩（O'Brien）的互動都呈現了這些層面，因為最終還是老大哥在做全面的監察控制。

後之視今，亦猶今之視昔，細讀五、六十年以前的老書，還是有恍然在眼前的感受。

動物農莊

什麼是主義？

在這裡為大家介紹另一本書《動物農莊》，是在一九四五年出版的。許多人都把這本書與《一九八四》列入二十世紀最重要的一百本英文小說裡。《動物農莊》是一本以動物為主角的寓言，《一九八四》可以解釋為作者在一九四八年對未來的一個描述，這兩本書講的都是在極權主義社會裡生活的情形。

首先先釐清兩個政治學上的名詞，「獨裁主義」（Authoritarianism）的政府是一個全部政治權力都集中在一個人身上或者一個政黨、一個委員會的政治制度。如果，全部政治權力都集中在一個人身上，這個人就是一個「獨裁者」（dictator）；「極權主義」（Totalitarianism）的政府是一個對人民生活做全面控管的政府，除了公共事務之外，政府對個人的生活、思想、意見和行為都要限制和規範。換句話說，獨裁主義的重點是政府用什麼方式去管理，極權主義的重點是政府要管理些什麼。

從觀念上來說，一個獨裁主義的政府不見得一定是一個極權主義的政府，因為一個獨裁主義的政府可能只會管公共事務，但是從現實面而言，一個極權主義的政府自然必須是一個獨裁主義的政府，因為，唯有把權力集中才可以什麼都管，為所欲為。

也讓我釐清兩個經濟學裡的名詞：「社會主義」（Socialism）主張由中央政府整體規劃、集中控制全面的經濟行為；相反地，「資本主義」（Capitalism）主張自由市場、私有財產的經濟原則。在觀念上，經濟系統和政治系統可以分開來談，但是從現實面而言，要執行社會主義的經濟原則，政治上的中央集權是必需的手段。一個明顯的例子就是在列寧、史達林領導之下的蘇聯在政治上是極權主義，在經濟上是社會主義。所以，這兩個名詞也因此往往混為一談了。

納粹的掌權

為什麼歐威爾在一九四〇年代會想寫這兩本書呢？讓我們複習一下那個時代的政治環境，首先，從一九三三到一九四五年，德國在希特勒領導下倡導的「國家社會主義」（National Socialism）建立了一個極權主義的政治架構，主張集體經濟、國家主義和種族優異，反對政治和經濟上的自由。

希特勒在二次大戰為德國和整個世界帶來的慘痛經驗，讓大家對極權主義更了解，也更擔心和恐懼。

讓我先解釋一下「納粹主義」（Nazism）這個詞，「納粹」（Nazi）這個字來自德文「國家社會主義」（Nationaler Sozialismus）這個字裡"Na"和"Zi"這個兩個音節，今日，我們會用納粹主義這個詞來代表希特勒領導之下，在政治、經濟、社會上的所作所為。納粹主義這個詞也因此有一個負面的形象。

蘇聯的出現

另外一位對歐威爾有更直接影響的是一九一七年到一九四五年俄國政治和經濟改變的歷史。俄國一九一七年的「二月革命」和「十月革命」推翻了俄羅斯帝國，建立了蘇維埃聯邦，簡稱蘇聯。列寧當選為蘇維埃政府（Council of People's Commissars）的主席，也就是核心的領導人。在這權力核心裡，也包括了托洛茨基（Leon Trotsky）和史達林，不過，隨著革命成功而來的是改革也是動盪，包括了：內戰的持續、波蘭的邊境戰爭、新的經濟方案的爭議和權力的鬥爭。

一九二四年列寧逝世，一九二九年托洛茨基被放逐，史達林躍登蘇維埃聯邦的領導地位，他推動一連串中央規劃掌控的經濟計畫，叫做「五年計畫」，在工業化和集體經濟的前提下，農業經濟受到相當大的創傷，在很長的一段時期，糧食和物質缺乏的情況相當嚴重。史達林在一九三〇年代推行清算鬥爭運動，排除異己，建立集中營和組織祕密警察，把少數民族驅離放逐至國外，直到他在一九五三年去世，史達林統治蘇聯長達三十年之久。

在二十世紀的前半世紀，希特勒領導的德國政府和史達林領導的蘇聯政府，可以說是極權主義政府最明顯也最令人引以為戒的例子。

歐威爾的兩本書扮演了暮鼓晨鐘的角色，以諷刺譬喻的方式告訴我們，一個腐敗的極權主義政府裡貪汙、惡毒、無知、短視和冷漠的行為，會帶給國家社會的禍害，也描述了在一個腐敗的極權主義政府底下，人民物質生活的匱乏，思想和行動自由受到限制和人性尊嚴被剝奪的情形。

歷史總是不斷重演

有人說，這是六、七十年以前的歷史，歐威爾的書也是六、七十年以前的老書了，不過，讓我們記得，《舊約聖經・傳道書》第一章第九節（Ecclesiastes 1:9）說：「已有的事，後必再有；已行的事，後必再行。日光之下並無新事。」（What has been is what will be, and what has been done is what will be done. And there is nothing new under the sun.）」

遠在西元前四百年，希臘歷史學家修昔底德斯（Thucydides）說過歷史會一再重演（History repeats itself.），馬克斯倒在這句話後面加了一句，他說：「歷史會一再重演，第一次重演是悲劇，第二次重演是鬧劇。」

當我們回顧歷史上許許多多的革命運動時，我們會想起一句話：「一個好的革命帶來的往往是壞的民主，甚至是獨裁和極權。」也有一句話：「權力使人腐化。」從歐威爾的書出版前幾千年到出版之後六十多年的今天，有許許多多的例子在非洲、中南美、東南亞、中東、印度和中國，一再驗證了這兩句話的含義。包括之前南非的選舉，不過是最近的一個例子而已。歐威爾的這兩本書非常值得我們去細讀。

大白豬老上校

歐威爾《動物農莊》的故事裡，農場的主人瓊斯先生（Mr. Jones）已經喝得醉醺醺的了，他匆匆忙忙把雞棚的門關上，打著燈火搖搖晃晃地走回他在農場裡居住的房子，又喝了一杯啤酒，倒頭就睡，然後在床上已經鼾聲如雷了……

等瓊斯先生房間內燈油耗盡，熄滅了，農場裡的動物就起了一陣騷動，大家相互傳言說，老上校（Old Major）前天晚上做了一個很奇怪的夢，牠要把這個夢告訴大家。

老上校是一頭大白豬，牠已經十二歲了，看起來就是一副仁慈智慧的樣子，在農場裡受到所有動物的尊敬。在這裡，瓊斯先生是逐漸沒落而失去控管權的主人，影射俄羅斯帝國最後的沙皇尼古拉二世（Nicholas II）；老上校是一位思想家、理論家，影射馬克斯和列寧，也有人說是影射托洛茨基。

老上校已經在穀倉裡舒適地高踞在稻草堆上，陸陸續續地，狗來了，別的豬也來了，雞和鴿子也在窗框邊沿上站穩了，還有兩匹馬，牠們身強體壯，負責拖車，尤其是叫做拳師（Boxer）的那匹公馬，雖然，牠不算是絕頂聰明，卻是以性情穩定、工作努力受到大家的尊敬；這兩匹馬代表響應革命領袖的號召，對革命理念的忠實追隨者。還有驢子班傑明（Benjamin），牠是農場裡最老的動物，牠很少開口，開口時也多是說些憤世嫉俗的話，牠代表對革命思想存疑卻懂得明哲保身的人。歐威爾說驢子班傑明影射他自己，唯一缺席的是名叫摩西（Moses）的一隻烏鴉。大白豬老上校開口講話了……

同志們，大家都知道我昨天做了一個很奇怪的夢，不過，在跟大家講這個夢之前，有些話要先講。我頂多只剩幾個月的壽命了，我要把我的一點智慧和大家分享。同志們，我們的生命是短暫、辛苦和悲慘的，在我們的生活裡，只有最起碼的食物供應，我們有工作能力的時候，被用盡最後一點力氣，沒有工作能力的時候，就被送到屠宰場去了。在整個英國，沒有一隻動物知道什麼是自由和快樂，為什麼會這樣呢？答案是一個字：「人」。

「人類」不從事生產，卻把我們生產的結果偷搶掠奪，我還真是好運氣，能夠活到這一把年紀，生了四百多個子孫，你們之間豬也好，羊也好，雞也好，牛也好，都難逃被宰殺的命運。我們唯有把「人類」驅逐、消滅，才能夠享受到我們辛苦的成果，變成富有和自由。同志們，讓我們團結一致起來反抗，所有的動物都是同志，所有的「人類」都是敵人。有四條腿、有翅膀的都是同志，有兩條腿的都是敵人。我們要牢牢記住：當我們和「人類」抗爭時，不可以學他們的壞習慣，「動物」不可以住在房子裡，不可以在床上睡覺，不可以穿衣服，不可以喝酒、抽菸，更不可以碰金錢、財物。

現在，讓我來跟大家講我昨天那個奇怪的夢，那個夢是關於當「人類」被消滅後地球上的情形。不過，我實在沒辦法為大家描述那個夢境，可是，那倒讓我記起我小時候唱過的一首歌，其中有幾句是：「普天下的動物傾聽我喜悅的佳音，傾聽那金色的未來，暴虐的人類將會被消滅，富饒的大地上，只有動物的足跡，那一天遲早會到來。」

老上校帶著大家一起唱，越唱越起勁，把瓊斯先生從睡夢中吵醒，他以為有狼跑到農場裡，拿起槍，對空鳴槍，動物們都嚇得跑回去睡覺了。

諸位一定聽得出來，老上校是一個鼓吹革命的思想家，牠口口聲聲稱大家為同志，也羅列壓迫者統治者的罪行，牠強調團結平等，抗爭革命，牠提醒大家在革命成功後，不要變得腐敗墮落，牠有一個金色未來的美夢，卻又沒有辦法把這個美夢描繪出來，但是，牠很會帶領大家慷慨激昂地唱革命歌。

三隻小豬

三天之後，老上校安詳地逝世了。那是初春三月，在接下來的幾個月裡，有許多祕密的活動在進行，老上校的演說鼓舞了許多智力比較高的動物，牠們覺得即使不能夠預估發動反抗革命的時機，準備的工作包括教育和組織必須積極進行。這些工作很自然地落在豬的身上，因為牠們被認為是最聰明的動物，特別有兩頭豬，一頭叫拿破崙（Napolean），牠話不多，但是很有霸氣，後來牠成為農場裡動物的暴君和領袖，這影射史達林；另一頭叫雪球（Snowball），牠口才好，腦筋快，但是被認為深度不足，牠後來被拿破崙趕出了農場，這影射托洛茨基。還有一隻圓臉尖聲目光閃閃的小肥豬，牠能言善道，能把死說成活，白說成黑，牠成為拿破崙的傳聲筒、文宣部主任。

這三隻小豬把老上校的教義闡述延伸，發展出一套動物主義的理論和教條，每個禮拜的好幾個晚上，當瓊斯先生睡覺時，牠們就開始對其他動物進行群眾教育，牠們也得解答許多疑問，例如：有些動物擔心如果瓊斯先生不再留在農場的話，動物們會不會因為沒有人照顧、餵養而餓死？烏鴉摩西又散布一個傳說：動物死了都會去天堂，在那裡不必工作，天天有糖吃。三隻小豬得粉碎這種不真實的傳說。不過，那兩匹強壯的馬，卻是最忠實的學生，信任牠們，相信領導，自己不會動腦筋去胡思亂想。

在毫無預警的情形下，在夏天收割前，動物的反抗革命爆發了，瓊斯先生只顧著喝酒，他手下的人又懶惰、不誠實，動物沒有人照料，沒人割野草，屋頂漏水沒人維修，籬笆破了也沒人修補。星期六晚上瓊斯先生到城裡喝酒，到了禮拜天下午喝到爛醉如泥才回來。動物們一整天沒飯吃，再也受不了了，一頭牛首先把瓊斯先生住的房子的門衝破，動物們連踢帶撞把瓊斯先生和他的助手趕到農場外面去了。

反抗革命完全成功了。首先，動物們全體繞著農場大遊行，要確保沒有任何「人類」還留在農場，更要把瓊斯先生遺留下來令人憎恨的痕跡消除——殺豬宰羊的刀、牽狗的鐵鍊、牛鼻子的鐵環、馬鞍和眼罩通通被銷毀了。拿破崙發給每隻動物雙份的口糧，大家反覆同聲高唱革命歌。

第二天早上，動物們醒過來，早餐之後，拿破崙和雪球把大家召集起來說：「同志們，這個農場完全屬於我們了，今天，我們得開始收割。」這時，三頭母牛埋怨說，牠們已經整整二十四小時沒擠奶了，漲得很難過，領導的豬馬上安排，幫母牛擠了整整五桶牛奶，拿破崙說：「好了，大家出去收割吧！」有一隻動物問，這些牛奶該怎麼處理？拿破崙說：「你不必管了，趕快去收割吧！」晚上，動物們收割回來時，那五桶牛奶不知道跑到哪裡去了？

動物的七大誡條

《動物農莊》農場裡動物的反抗革命成功之後，牠們首先訂定了動物的七大誡條：

第一、用兩條腿走路的都是敵人；

第二、用四條腿走路的或者用翅膀飛行的都是朋友；

第三、動物不得穿衣服；

第四、動物不得在床上睡覺；

第五、動物不得喝酒；

第六、動物不得傷害任何其他動物；

第七、所有動物一律平等。

它們還把這七大誡條寫在牆上，這七大誡條影射教義、信條和宣言。

反抗革命成功之後，農場裡的動物就忙於收割。豬是最聰明的動物，牠們當領導發號施令，而不必親自出力工作，牠們代表統治階層；那兩匹馬，力氣最大，也是最努力的；其他的動物們也都各盡所能，牠們代表基層的老百姓。但是，也有些例外，有一匹白色的母馬，工作的時候遲到早退，又喜歡戴上彩色的絲帶，不久就離開農場到別的農場去了，牠代表在革命之後，逃到別的國家的貴族和上流社會的有錢人。驢子班傑明在革命反抗成功之後，還是老樣子，慢吞吞地工作，對什麼事情都不表示意見，牠代表心裡雪亮，卻懂得明哲保身的知識分子。

每個禮拜天，動物們不在農田草原裡工作，牠們要開會討論下一週的工作計畫，反正，所有的提案都是由豬提出的。在這裡，拿破崙和雪球意見最多，但是不管在任何議題下，牠們兩個永遠都持相反的意見。

雪球喜歡組織各式各樣的委員會，但是，都是浪費時間，浪費力氣，沒有結果的委員會，牠教動物們讀書和寫字的計畫，倒是做得很成功。

拿破崙對委員會的成立，不感興趣，牠認為教育下一代才是最重要的任務。當一隻母狗生下九隻小狗時，拿破崙說牠會負起教育這些小狗的責任，牠把這九隻小狗帶走，安置在農場裡祕密的地方，直接受拿破崙的管理和訓練。

不久前失蹤的五桶牛奶的下落被發現了！原來都被豬喝掉了；樹上掉下來的蘋果，原來大家以為要一起平分的，卻都留給豬享用了。負責宣導工作那頭臉圓聲尖、眼睛閃閃有光的小肥豬說：「豬要為大家的福利傷很多腦筋，牠們要靠牛奶和蘋果來維持體力，萬一牠們撐不下去，瓊斯先生和他的助手就會回到農場，那顯然不是大家所樂見的。」軟硬兼施，這就是典型的宣傳部長的嘴臉。

革命的傳播

動物農莊反抗革命成功的事蹟，已經逐漸傳開來了，拿破崙和雪球更加派了許多鴿子飛到附近的農園把反抗革命的事情傳播開來，還叫農場裡的動物們唱革命歌。

同時，瓊斯先生跑到城裡去跟別人訴苦，別的農夫聽了以後，表面上是同情，但也難免有袖手旁觀甚至幸災樂禍的心態。不過，瓊斯先生原來農場鄰近的兩個農場主人卻有比較複雜的心態，他們既害怕他們農場裡的動物會起革命，也散布傳言說，瓊斯先生原來農場裡的動物不斷內鬥，也快要餓死了。最後，瓊斯先生聯同他們和他們的手下反攻動物農莊，不過，他們一下子就被動物們打退了。這反映了相鄰的國家之間，尋求私利的矛盾心態。在這場戰鬥結束後，在農場裡，雪球獲得為牠量身訂做的「動物英雄一等勳章」，有一隻被瓊斯先生開槍打死的羊，也獲得「動物英雄二等勳章」。

冬天來了，土地冰封，根本不可能從事任何農事，動物們就猛開會，討論明年春天的工作計畫，這影射蘇聯的「五年計畫」。在大家都已經接受豬是最聰明的動物的前提下，議案都是由豬提出，不過，還是要投票多數決，但是，問題出在雪球和拿破崙身上，不管什麼議案，牠們兩個的意見都相左對立，爭論不休。雪球口才好，有說服力，但是，拿破崙卻很會在幕後遊說拉攏，爭取支持，特別是那些綿羊，只要雪球在講話，牠們就會反覆地喊：「四條腿是好，兩條腿是壞。」這句口號來打斷牠。

爭權奪利的打手

雪球提出很多建設的工程計畫，也做了很詳細的設計規劃，拿破崙都不以為然，但是又提不出牠自己的計畫。當雪球提出一個非常重大的工程計畫——建造一座發電的風車時，那真的讓農場裡的動物分成對立的兩派了。在做最後決定的投票大會上，原先雙方勢均力敵，拿破崙站起來只冷冷地說：「建造風車是個毫無意義的計畫，呼籲大家投反對票。」

但是，雪球站起來做了一篇動人的演說，把情勢完全拉到牠這一邊了，正在這個時候，拿破崙發出一聲尖銳的暗號，九隻凶悍的狗從外面衝進來，猛烈地追咬雪球，雪球為了逃命就被趕出農場，永遠沒有機會回來了。

這九隻凶悍的狗從哪裡來的呢？這原來就是不久前那隻母狗生下來的九隻小狗，拿破崙祕密地培育訓練出來的打手。這影射了革命的夥伴在革命成功之後，爭權奪位的鬥爭。

雪球被趕出農場後，首先，拿破崙宣布取消每個禮拜天早上的集會，因為那只是浪費時間，沒有作用的集會，取而代之的是一個特別委員會，成員完全是豬，牠們會舉行祕密會議，再把決定的結果告訴所有的動物。

雪球被趕走後的三個禮拜，拿破崙宣布要推動建造風車的計畫。牠說這本來就是牠要推動的計畫，牠之所以在雪球面前反對，其實只是一個策略而已，而且，在雪球被趕走後，這個由豬組成的特別委員會已經把許多計畫裡的細節釐清了。同時，那隻圓臉尖聲的小肥豬跟動物們解釋：「希望你們體會到拿破崙同志所作的犧牲，領導不是一件愉快的工作，領導是非常沉重的責任，沒有人比拿破崙同志更深信所有動物都是平等的，牠很願意讓你們自己做決定，但是，如果，你們決定追隨雪球的政策的話，那是錯誤的決定。」真的是只會危言聳聽、欺眾愚民。

政客慣用的伎倆

冬去春回，動物們又開始在農場裡工作了。牠們工作得很努力也很辛苦，但是，牠們心甘情願，因為牠們認為這是為自己而工作，不再被懶惰、腐敗的「人類」剝削了。牠們每個禮拜得工作六十個小時。到了八月，拿破崙宣布禮拜天下午也要工作半天，不過，那是自願的，只是，不來參加工作的動物，牠的口糧就會被減半。雖然，這一年收穫的成果，比去年差了一些，不過，最艱鉅的任務是風車的建造工程，搬石頭、把石頭打碎都是很辛苦的工作。結果，整個夏天已經完成了一半的風車，在十一月的一個晚上，被一陣大風吹倒，完全摧毀了。

拿破崙來到現場，小心觀察一陣之後，突然戲劇性地宣布：「同志們，你們知道誰在半夜跑來破壞我們辛辛苦苦建造起來的風車嗎？是雪球，那個叛逆分子。同志們，我現在宣布雪球被判死刑。任何動物，只要通風報信有助於逮捕雪球，將會獲得動物英雄二等勳章和半簍蘋果的獎賞。」把錯誤和失敗推在反對黨身上，這是政客慣用的伎倆。

拿破崙又宣布了一項新政策，為了取得必須的糧食和建材，動物農莊會和附近的農場做貿易交換、商業往來。動物們對這個政策有點懷疑，因為牠們還隱約記得當年瓊斯先生被趕走後，大家的決議是：以後不再和「人類」打交道了。圓臉尖聲的小肥豬提醒大家，這個決定不但沒有任何文字的紀錄，好像從來沒有討論過，可能是大家記錯了，也可能是雪球散布的謠言。「模糊不清楚」往往是反覆無常的人最好的遁詞。

權力的腐敗

過了不久，豬領導們都搬到瓊斯先生以前住的房子裡，牠們在廚房用餐，在臥房睡覺，有些動物指出在〈動物七誡〉裡的第四誡說，動物不得在床上睡覺，小肥豬跟牠們解釋說，豬負起領導的責任，因此必須過比較舒適的生活才可以把領導工作做好。這影射革命成功之後，領導們奢侈浮華的生活。

在嚴寒的冬天裡，糧食越來越缺乏了，拿破崙一方面要封鎖消息，不讓別的農場知道這種情形，一方面又必須和別的農場做貿易交換，所以下令母雞必須把牠們生下來的蛋全部上繳，有些母雞為了表示反對抗議，特別跑到屋頂生蛋，讓雞蛋掉下來，跌得粉碎。拿破崙迅速採取嚴厲鎮壓手段，牠下令這些母雞不能分配到口糧，而且，任何動物偷偷把口糧分給母雞吃，就會被判死刑，撐了五天之後，母雞們屈服了，但是，有九隻母雞在這個抗爭過程裡死掉了。

消息傳出來，雪球現在常常在晚上偷偷溜回農場從事偷竊破壞的工作。最後，拿破崙向大家宣布：「雪球從一開始，就是瓊斯先生的臥底，現在牠向附近的兩個農場的『人類』主人賣身投靠，準備做他們的嚮導來進攻動物農莊。」雖然，有些動物說在對抗瓊斯先生反攻的戰役中，雪球非常勇敢，而且牠獲得動物英雄一等勳章，小肥豬說：「雪球只不過預先和瓊斯先生做假、套好招而已。」在戰役中，真正的英雄是拿破崙。

有一天下午，拿破崙把所有的動物召集起來，帶著牠凶猛的九隻狗，把四隻豬、三隻雞拖出來，牠們在所有動物面前承認了牠們的罪行，然後都被那九隻狗咬死了，但是，也有些動物記起在〈動物七誡〉裡的第六誡，不就是說動物不得傷害任何其他動物嗎？

在農場裡，動物們工作得更辛苦了，同時，牠們還得重建那座風車，生活條件並沒有比瓊斯先生當農場主人的時代有所改善，雖然，小肥豬在禮拜天的早晨都會向大家提出許多統計數字，說糧食的增產都在百分之兩百、百分之三百以上，漸漸大家習慣把所有的成就都歸功於拿破崙的領導。母雞說：「在拿破崙同志的領導下，我六天之內生了五顆蛋。」母牛說：「感謝拿破崙同志的領導，池塘裡的水喝起來也分外甘甜。」風車的建造也終於完成了。

動物農莊和附近兩個「人類」所管理的農場的關係也變得非常複雜，動物農莊和其中一個農場做交易買賣，卻被他們用假鈔票騙了一批木材。這影射通過對外貿易貪汙洗錢的行為。在關係惡化的情形下，這兩個農場的「人類」一行十五個人，攜帶六把槍，來進攻動物農莊，用炸藥把辛辛苦苦建造起來的風車炸毀了，不過，動物們忘記生命危險，還是把侵略的「人類」趕走了。在慶祝擊退侵略者的勝利和紀念戰爭中傷亡的動物的典禮上，在戰爭中不見蹤影的小肥豬出現了，「炸掉了一座風車有什麼關係，我們再建一座，甚至再建六座也無所謂。」領導的豬發現了一罈威士忌，為了慶祝戰爭勝利牠們開懷暢飲，當有些動物提起〈動物七誡〉裡的第五誡：動物不得喝酒時，牠們被提醒牠們記錯了！第五誡只是說動物不得喝酒過量而已。

革命的真相

按照動物農莊的法令規定，馬和豬的退休年齡是十二歲、牛是十四歲、狗是九歲等等。一匹馬退休之後，每天的口糧是五磅玉米，公共假日那天還可以加一株胡蘿蔔、一粒蘋果。在農場裡最努力辛苦工作、在戰爭裡最勇敢奮身的公馬拳師漸漸衰老，加上疾病纏身。明年夏天就是公馬拳師的退休年齡了，但是，還沒有等到退休的日期，拳師就病倒了，一直沒有復原。有一天，來了一臺貨車把拳師載走，三天後，小肥豬宣布拳師在醫院逝世了。有一隻動物隱約記起，把拳師載走的那臺貨車是從屠宰場來的車，小肥豬說：「不是，那是醫院的救護車，不過，醫院把屠宰場的車拿來當救護車，還來不及把車身的標誌改過來而已。」在接下禮拜天的群眾大會上，拿破崙讚揚拳師的奉獻，牠又重複拳師生前常講的兩句話：「我會更加努力工作」和「拿破崙同志永遠是正確的」，不過，牠說：「拳師的骨灰不可能運回來農場安葬，就用一個花圈來表示對牠的懷念吧！」

很久沒有在農場的烏鴉摩西又回來了！牠還是跟以前一樣跟動物們說，動物死了之後都會去的天堂，在那裡不必工作，天天有糖吃。很多動物開始相信牠的話，因為目前的生活實在太辛苦了，為什麼不可能有一個比較好的生活環境呢？烏鴉摩西代表宗教、信仰的活動，經過一段時期後，極權國家也總得有一些開放，讓一些宗教活動可以進行了。

很多年過去了，農場上的動物，老的老，死的死，瓊斯先生也死了，這許多都被別的動物遺忘了，更有許多後來出生的動物，牠們根本不知道把瓊斯先生趕走的那場革命是怎麼一回事。拿破崙變成是一隻更加肥壯的豬，小肥豬更是胖得連眼睛都張不開來，只有驢子班傑明還是老樣子。

一個夏天的晚上，一件奇怪的事情發生了！當動物們結束了一天的工作時，牠們看見小肥豬站起來用兩隻後腳走路，跟在牠後面的一列豬也都站起來用兩隻後腳走路，最後的是拿破崙，牠也用兩隻腳走路，還用前腳拿著一條鞭子。動物們正驚訝不已時，綿羊們齊聲說：「四隻腳好，兩隻腳更好。」動物們似乎記得以前「四隻腳好，兩隻腳壞」的說法，牠們回到原來寫著〈動物七誡〉的那道牆那裡，發現什麼都沒有了，只有一句話：「所有動物一律平等，不過，有些動物比別的動物平等。」

從此以後，豬開始穿衣服了，手上還總會拿著一條鞭子，牠們和附近農場的「人類」的往來也越來越多了。故事講完了，相信你聽得懂，也希望你聽得有趣。

老人與海

暢銷作家海明威

美國大文豪海明威（Ernest Hemingway）是二十世紀非常傑出的作家，他的名作包括：《旭日東升》（*The Sun also Rises*，一九二六）、《戰地春夢》（*A Farewell to Arms*，一九二九）、《雪山盟》（*The Snows of Kilimanjaro*，一九三二）、《戰地鐘聲》（*For Whom the Bell Tolls*，一九四〇）。

《老人與海》（*The Old Man and the Sea*）是海明威在一九五二年寫的中篇小說，全文只有兩萬六千五百三十一個字。當這篇小說在《生活雜誌》（*Life Magazine*）登出來的時候，初刷在八小時內銷售一空，也創下了《生活雜誌》週刊銷售五百五十萬冊的紀錄。海明威也在一九五四年以《老人與海》為代表作得到諾貝爾文學獎。

很不幸地，當時他的健康已經走下坡，獲得諾貝爾文學獎的時候，也以健康為理由沒有親自去領獎，他在一九六四年用獵槍自殺去世。

最了不起的漁夫

《老人與海》描寫一個老漁夫在墨西哥的灣流中，每天獨自開一條小船出海捕魚謀生。他已經一連八十四天，沒有捕到一條魚了。本來有個陪他出海捕魚的夥伴，那是一個小男孩，老漁夫教他怎樣捕魚，跟他談棒球，小男孩也照顧他，給他送熱咖啡和隔日的舊報紙。但是在一連四十天他們都沒有捕到一條魚之後，小男孩的爸媽說老漁夫是個有霉運的人，就讓小男孩到別的漁船上幫忙。這條新的漁船果然在第一個禮拜就捕了三條魚。這個小男孩每天還是在岸邊，迎接老漁夫駕著空船，空手而回。老漁夫和小男孩之間有一份真摯的關注、無言的祝福，當他們談到棒球大聯盟裡了不起的棒球好手時，小男孩總會話鋒一轉說：「但是您是最了不起的漁夫。」

第八十五天的一大早，老漁夫再出海捕魚，在海上他放下四個深度不同的魚餌，從二百多呎到七百多呎，他看到灣島，看到飛魚，看到漂流的海草，到了中午的時候，他的釣線拉緊，感覺有一條大魚在水底繞了幾個圈子之後，把他放在六百呎的魚餌吞下去了，他知道不能用蠻力把魚拉起來，還擔心魚會往深水裡鑽，可是這條大魚只是一直拖著老漁夫的小船往外灣走。當然老漁夫也順勢跟著去，等到太陽下山，已經四個鐘頭了，老漁夫還在等待這條大魚跳出水面，那才是他和大魚搏鬥的時候，好讓他把魚拉近，用魚叉把牠刺死，但是這條大魚還是只拖著漁夫的小船走。

一直走到第二天早上，老漁夫也只能耐心地讓大魚拖著他走，他跟大魚說：「魚，我會跟著你，直到我死為止。」「魚，我愛你，我尊敬你，但是天黑以前，我會把你殺死。」他同情這一條已經上了鉤、強硬反應和行動有點怪異的大魚，他也不斷地想起他的小男孩朋友，他反覆地說：「我真希望那孩子在這裡，跟我在一起，那孩子會在這裡幫我的忙，也看到這一場搏鬥。」當他的手抽筋時，他說：「我真希望那小孩在這裡幫我按摩。」他說：「我曾經跟那孩子說過，我是一個奇怪、不尋常的老頭子，現在我要證明給他看。」他跟停在他船上的小海鳥說：「你多大了？這是你的第一次長程飛行嗎？」「在這裡好好休息一下，我在忙，沒有辦法照顧你。休息之後再起飛，再像鳥、像魚、像人一樣去尋找新的天地。」他對他自己抽筋流血的左手說：「你覺得怎麼樣了？」「耐心一點，我會為你吃點小魚小蝦來充飢。」「哎呀，這樣不爭氣的一隻手，但還是有點小用的一隻手。」他跟他自己說：「老頭，你必須相信你自己，不要害怕。」「我不能讓自己失敗，死在這條魚的手裡。」「我必須靠上帝的力量撐下去。」

老漁夫被大魚拖著走，又累又餓，到了第三天早上，大魚浮到水面了，在小船周圍繞圈子，老漁夫把釣索慢慢收回來，人累了，魚也累了，經過一個早上的搏鬥之後，老漁夫高舉魚叉，插進魚的側身，大魚從水面高高地跳起，然後轟隆一聲，墜落水中。那是一條很大的馬林魚，比他的小船還要長兩呎，大概一千五百磅，老漁夫馬上算出一千五百磅的魚去了鱗骨後，剩下一千磅，每磅賣三毛錢，那是一個可觀的數目。

老漁夫把大魚綁在小船旁，順著風回航，他再三轉頭去看他綁在船邊的那條大魚，他知道他要保持頭腦清醒，他知道他不是在作夢。但是沒多久，鯊魚出現了，第一條鯊魚一大口咬掉一大塊馬林魚肉，老漁夫奮力用魚叉把這條鯊魚刺死，但是也失掉了他的魚叉。接著一波波的鯊魚襲擊老漁夫的馬林魚，他用小刀、用槳、用舵椿和這些鯊魚搏鬥，小刀斷了，槳也斷了，舵椿也裂了，到了半途他知道已經沒有必要和最後一波的鯊魚搏鬥，因為那條馬林魚，只剩下一個頭和一副骨架了。

深夜裡，他回到他的港灣，回到自己的小屋，沉睡到清晨，他的小男孩朋友來把他叫醒，他跟那小孩子說：「我被打敗了！」那孩子說：「那條魚沒有把你打敗！」老漁夫說：「但是到了最後，還是敗下來了。」小男孩說：「我還是回來跟你一起捕魚吧！」老漁夫說：「但是我運氣不好。」小男孩說：「去他的，我會把好運氣帶給您。」故事講到這裡，就結束了。

故事背後的意義

《老人與海》這篇小說，描寫一個沒有助手、只有簡陋工具的老漁夫，在八十四天沒有捕到一條魚的困境下，花了三天的時間和一條大魚搏鬥，這條大魚可以賣得不少錢，可以讓小男孩的爸媽不再說他只是個霉運的人，可以讓小男孩以他為傲，可以讓老漁夫覺得他還是有充分的體力、堅強的意志及足夠的經驗，繼續捕魚過生活。相信大多數的人都沒有乘過小船，獨自駛向大海和大魚搏鬥過。但是我相信每一個人，都曾經在工作和生活的大海裡，跟比你還強還壯的大魚搏鬥過，當你又餓又累，雙手抽筋流血的時候，你曾經咬緊牙關支撐下去。老漁夫一直沒有想過他會鬥不過大魚，你也一直沒想過會鬥不過你面對的挑戰。但是老漁夫贏了和大魚的搏鬥，卻輸給了鯊魚群，他把贏來的十八呎、一千五百磅的大魚全輸光了。我相信許多人也曾經歷不吃不睡得到的研究結果，最後發現是沒有用的，上市的商品被別人低價傾銷打敗了，辛苦經營的公司被併購了，多年的積蓄被好朋友騙走了。

在這個故事結束的時候，老漁夫說：「到了最後，還是敗下來了。」但是，老漁夫說過：「一個人可以被毀滅，不可以被打敗。（A man can be destroyed but not defeated.）」可以被毀滅的是一條大魚、一個產品、一家公司、一筆財產，但是不可以被打敗的是我們奮鬥、努力的精神和意志。

也許另外一個說法是，我們可以接受失望，但是我們不能夠接受失敗。失望是得不到預期的結果，不管是我們的預期太高，還是現實無情，失望是難免的，我們要學著用平靜的心情接受失望，但是要把失望轉成希望，不能把失望變成失敗，失去奮鬥進取的意志和精神。

在整個故事裡，老漁夫沒有說過一句怨言、一句罵人的話。他和那個小男孩的對話充滿了友情和愛意，他會輕柔地跟停在舷上的小鳥問候兩句，甚至和搏鬥的大魚，他也會說：「魚，你來吧！」

小男孩的爸媽說老漁夫的運氣不好，不讓小男孩再跟他出海，老漁夫沒有生氣，他抱著謙卑的心態，接受命運，他說：「也許我的運氣不好，那我就去為自己買一個好運吧，你用什麼來買呢？用八十四天的嘗試，我差點就買到這一份平靜的心態，這的確是在經歷風霜之後，鍛鍊出來的。」我曾經想過，為什麼海明威把這篇小說叫《老人與海》？雖然這明明是一個老漁夫和一條大馬林魚搏鬥的故事，是一個老漁夫和一群鯊魚搏鬥的故事，但是海明威沒有選《老漁夫與馬林魚》（*The Old Fisherman and the Marlin*）或者《老漁夫與鯊魚》（*The Old Fisherman and the Sharks*）作為篇名，我個人的解釋是，這一切都發生在茫茫大海之上，大海主宰了老人、馬林魚、鯊魚群的命運，渺小的老人要面對的是命運，和命運掙扎，接受命運，在大海裡，馬林魚、鯊魚都是配角，我們何嘗不可以用這種觀點來看事業、看人生，一個意外、一個打擊、一個失望都是配角而已，我們要勇敢面對的是茫茫大海。

密西西比河流啊流

最後，為大家介紹一首英文老歌，大家都知道美國境內最長的一條河叫做密西西比河（Mississippi River），密西西比河的另一個名字是老人河（Old Man River），這個名字有源遠流長的意思，也是指這條河默默地流過廣大的幅員，默默地看過很多事情的發生。有一首歌叫做"Old Man River"，描述多年前美國南部黑人奴隸的艱苦，開頭是這樣唱的：

There's an old man called the Mississippi,
That's the old man I don't like to be,
What does he care if the world got troubles?
What does he care if the land ain't free?

這裡的"old man"就是"Old Man River"，這幾句就有點跟上面講到的大海一樣，雖然這個世界還有各種痛苦和困難，雖然這個世界還沒有完全的自由，但是Old Man River不會放在心上。這首歌用字和唱歌時的發音都是用美國南方的口語，文法和發音都不是傳統的純正英語。接下來幾句是：

Old Man River, that Old Man River.
He don't say nothing, but must know something.
He keeps on rolling, he just keeps rolling along.

Old Man River雖然什麼都不講，但是它一定知道一些事情，它不停地流，只是不停地往前流。最後幾句，描寫在河上工作的黑人奴隸的心境：

But I keep laughing instead of crying.
I must keep fighting until I'm dying.
But Old Man River just keeps rolling along.

我用笑聲代替哭聲，我會繼續奮鬥至死為止，但是Old Man River只是不停地往前流。

星期四

夢見莊子

蝶夢

戰國時代的哲學家莊周在他的《齊物論》裡有一段說：莊周夢見自己變成一隻蝴蝶，一隻翩翩起舞的蝴蝶，悠然自得，不知道自己是莊周。等他夢醒過來，卻是僵臥地躺在床上的莊周。不知到底是莊周作夢變成蝴蝶呢？還是蝴蝶作夢變成莊周呢？這段小故事可以說有不同面向的解釋，一個面向是：夢和現實往往是分不清楚的，推而廣之，不同的人在不同的時空環境下，對現實的印象和記憶往往是不相同的，更進一步來說，什麼是事實和真相？的確有一個清晰的定義嗎？另外一個面向是：到底是莊周夢見蝴蝶呢？還是蝴蝶夢見莊周？蝴蝶和莊周是對等的，這可以說是莊周「齊萬物一死生」——萬物都是一樣的，死和生也是一樣的——這個論點的一個闡述。

不過，在我順著莊子的論點講下去時，讓我先打一個岔，張潮《幽夢影》裡，卻有一句唱反調的話，他說：莊周夢見變為蝴蝶是莊周的幸福，蝴蝶夢見變為莊周，那就是蝴蝶的不幸了！換句話說，張潮認為莊周和蝴蝶不是對等的。紅塵紛擾，你爭我奪，到處都是混亂；繁文縟節，名韁利鎖，到處都是束縛；人心不古，爾虞我詐，到處都是陷阱，莊周過的是痛苦的生活。反過來，蝴蝶在百花中起舞，自由自在，無牽無掛，蝴蝶過得是快樂的生活。讓蝴蝶和莊周交換身分，可不是一個公平的交易，到底這是俏皮話呢？還悲世憤俗的話呢？就不必追問了。

李商隱的詩

莊周夢蝴蝶的故事在中國詩詞裡最為膾炙人口的是李商隱的〈錦瑟〉這首詩裡「莊生曉夢迷蝴蝶」這一句。

錦瑟無端五十弦，一弦一柱思華年。
莊生曉夢迷蝴蝶，望帝春心託杜鵑。
滄海月明珠有淚，藍田日暖玉生煙。
此情可待成追憶，只是當時已惘然。

許多人把這首詩列為李商隱的七言律詩中最精彩的一首。有人說這是他懷念逝世妻子的作品，也有人說這是他覺得年華老去傷感的作品，詩裡描寫的是一份迷惘、傷感的心情。

讀李商隱的詩的人都會欣賞他詩中的意境和文字之美，但是，正如梁啟超先生說：「讀他的詩，他講的什麼事，我理會不著。拆開一句一句叫我解釋，我連文義也解釋不出來。但是，我覺得它美，讀起來令我精神上得到一種新鮮的愉快。」不過，還是讓我試著解釋一下。

這首詩開頭的兩句是「錦瑟無端五十弦，一弦一柱思華年。」錦瑟是一種樂器，為什麼錦瑟有五十條弦呢？彈琴的人不知道，製造的人不知道，可能連錦瑟自己也不知道，但是，每一條弦、每一根弦柱，都讓我想起已經逝去的青春歲月。這首詩是李商隱晚年時的作品，那時，他想到自己已經快五十歲，可惜，他四十七歲時就去世了。

「莊生曉夢迷蝴蝶」這一句用的就是莊周夢見蝴蝶的典故，描寫一份迷惘的心情，曉夢暗示夢境的短暫。

「望帝春心託杜鵑」這一句的典故是：古時候蜀國皇帝杜宇，他的帝號是望帝，望帝是一位好皇帝，他有一段傷心的愛情故事，他死後化為杜鵑鳥，每年春天杜鵑鳥飛來提醒老百姓，「快快布穀，快快布穀」直到口中流血而死。「望帝春心託杜鵑」是說望帝把悲哀懷念的心情，寄託在杜鵑鳥啼聲中表達出來。

「滄海月明珠有淚，藍田日暖玉生煙」，用珍珠的晶瑩、美玉的光潤、淚的哀傷和煙的飄渺來描述一份追憶的感情。

這首詩最後的兩句「此情可待成追憶，只是當時已惘然」，這份感情也許可以、但是何必等待，它已成為一份回憶，只是在當時已經是一片惘悵迷惘了。

明朝王世貞說這首詩的第三、四、五、六句是魔句，看不懂覺得沒有意思，完全看得懂就沒有味道了，這也正是梁啟超先生的意思：美得說不出來。那麼這一來，我前面講的也算是多餘的了。

蕉鹿夢

講過莊周蝴蝶的故事，讓我講另外一個夢和現實分不清楚的故事〈蕉鹿夢〉，這是來自《列子・周穆王》篇的一個故事。列子名列禦寇，河南鄭州人，他的著作是道家重要的典籍。

有個樵夫在山上砍柴，看到一隻鹿，他把鹿打死了，為了怕別人看見，他把鹿藏在溝渠裡，用蕉葉蓋上，高興得不得了。可是，過了一下子，他的記憶模糊了，忘了藏鹿的地方，以為自己在作夢，路上邊走邊跟別人講這件他以為發生在夢裡的事。有一個路人聽了之後，依照他的話果然在溝渠蕉葉下找到鹿。這個路人回到家中告訴他的妻子說，剛才有一個砍柴的人，夢見打死了一隻鹿，卻不知道把鹿藏在什麼地方，我按照他的話，果然找到鹿了，他的夢是真的嗎？他的妻子說：「是不是你作夢？夢見那個砍柴的人而已？難道真有這個砍柴的人嗎？既然的確有這隻鹿，那麼你的夢是真的嗎？」路人說：「反正我得到這隻鹿，那就不必管是他在作夢，還是我在作夢了！」

樵夫回到家中，不甘心失掉那隻鹿，夜裡真的又夢見他藏鹿的地方，還夢見把鹿拿走的那個路人。隔天，他按照夢的線索，找到那個路人，兩個人為那隻鹿起爭執，一起告到法官那裡。法官跟樵夫說：「你當初真的得了鹿，你卻說是作夢，你後來作夢夢見藏鹿的地方，你又說是真的得了鹿。他真的拿了你的鹿，現在又和你爭這隻鹿，但是，他的妻子又說他是作夢找到別人的鹿。看來誰也沒有真正得到這隻鹿，既然現在鹿就在你們面前，你們就把鹿平分了吧！」

這樁案子呈到皇帝那裡，皇帝說：「哈哈，法官大概也在作夢，讓他們平分這隻鹿吧！」皇帝又去問宰相，宰相說：「他們有沒有作夢，我也沒有辦法分辨清楚，要分辨清楚只有去找黃帝和孔子，現在黃帝和孔子都找不到，誰會分得清楚呢？姑且按照法官的判決好了。」

這個故事叫做「蕉鹿夢」，就是蕉葉、鹿和夢的意思，但是也有人把它唸成「樵鹿夢」，因為，蕉葉的「蕉」字和樵夫的「樵」字相通，也包含了砍柴的樵夫的意思。現在，「蕉鹿夢」這個典故就用來指糊里糊塗、沒有把事實真相弄清楚的意思，也有引申為自己欺騙自己的意思。

子非魚

接下來，讓我講《莊子‧秋水》篇裡記載莊子和惠子的一段對話，也可以說是延續到底是莊周夢見蝴蝶，還是蝴蝶夢見莊周這個思路而來。

莊子和惠子在河邊散步看魚，看了半天，莊子說：「魚游甚樂。」（魚在水裡游，非常快樂。）惠子問：「子非魚，安知魚之樂？」（你又不是魚，你怎麼知道魚的快樂？）莊子反問：「子非我，安知我不知魚之樂？」（你又不是我，你怎麼知道我不知道魚的快樂呢？）惠子說：「我非子，固不知子矣，子固非魚也，子之不知魚之樂，全矣。」（既然你說我不是你，我就不會知道和了解你，那麼，你不是魚，你就不知道魚的快樂了。）

辯論到這裡，應該算是惠子贏了。因為莊子掉在一個陷阱裡，當惠子說：「你不是魚，你怎麼知道魚的快樂呢？」莊子順著他的話說：「你不是我，怎麼知道我不知道魚的快樂呢？」那就等於接受了惠子上一句提出的前提：「你不是魚，就不知道魚的快樂」了。但是，講到這裡，莊子卻不服輸，他玩了一個文字遊戲。莊子說：「你不是說：『你又不是魚，你怎麼知道魚的快樂呢？』當你說：『你怎麼知道』時，你不是承認了我先知道『魚的快樂』，只是問我：『怎麼知道而已？』的確，我早就知道魚的快樂了。」

宋代詞人辛棄疾有一首〈滿江紅〉：

笑拍洪岸，問千丈、翠岩誰削？依舊是、西風白馬，北村南郭。似整複斜僧屋亂，欲吞還吐林煙薄。覺人間、萬事到秋來，都搖落。呼斗酒，同君酌。更小隱，尋幽約。且丁寧休負，北山猿鶴。有鹿從渠求鹿夢，非魚定未知魚樂。正仰看、飛鳥卻應人，回頭錯。

這首詞描寫他在山中喝酒，觀賞風景，特別講到山裡的鳥獸動物。這首詞下半闋的「呼斗酒，同君酌」，叫一斗酒來跟您一起喝；「更小隱，尋幽約」，走到無人的地方，尋找清幽安靜；「且丁寧休負，北山猿鶴」，而且叮嚀囑咐不要忘記，在北山那邊的猿猴、白鶴；「有鹿從渠求鹿夢，非魚定未知魚樂」，在山間跳躍的鹿，讓我想起蕉鹿夢的故事，溪中游泳的魚，讓我想起莊子觀魚的故事；「正仰看飛鳥，卻應人，回頭錯」，正抬頭看天空中的飛鳥，後面有人打招呼，回應他之後，回頭一看，原來是回應錯人了。

生與死

鼓盆而歌

按照《莊子外篇》第十八篇〈至樂〉的記載，莊子的妻子死了，惠子前往弔唁，看見莊子張著腿坐在地上敲打瓦盆唱歌，惠子說：「你的妻子陪你一輩子，為你養兒育女，現在她過世了，你沒有哭也就算了，竟然還敲打瓦盆唱歌，不是『太超過』了嗎？」莊子說：「不能這樣說，當內人剛過世時，我何嘗不悲傷呢？但是，後來想一下，開始的時候人是沒有生命的，不但沒有生命，連形體都沒有，不但沒有形體，連氣息都沒有。後來，在若有若無、恍恍惚惚的變化當中，有了氣息，氣息變化才有形體，形體變化才有生命。現在她又再變化死亡了，這就跟春夏秋冬四季運行一樣自然，她已經安息在大自然裡，如果我還因為這樣悲傷痛哭，那不是太不通達命理了嗎？所以，我才不哭了。」

這就是莊子對生和死的看法。在《莊子・外篇》第二十二篇〈知北遊〉裡，他也說：「生是死的同類，死是生的開始，誰能知道它們之間的關係呢？人的誕生是氣的聚合，氣的聚合就是生，氣的離散就是死亡。」

至於莊子在敲著瓦盆時，唱的是什麼歌呢？按照張貴勝的《遣愁集》的記載是這樣的：

堪笑人生事，有如花開謝，妻死我必埋，我死妻必嫁。
我若先死時，一場大笑話，田被他人耕，馬被他人跨，
妻被他人戀，子被他人打，如此慟傷心，相看淚不下。
世人笑我不悲傷，我笑世人空斷腸；
世事若還哭得轉，我亦千愁淚萬行。

警世通言裡的莊周

明朝馮夢龍的《警世通言》裡有這麼一段民間傳說：莊周有三位妻子，第一位年輕時夭折，第二位被休了，第三位田氏，長得肌膚若冰雪、綽約似神仙。有一天，莊周在荒郊散步，看見許多墳墓，嘆口氣說：「志少俱無辨，賢愚同所歸。」意思是年老、年少、聰明、愚拙最後都是來到同樣的歸宿。他忽然看見一座新墳，墳上堆的黃土未乾，墳旁有一位少婦穿著白色的喪服，拿著一把扇子，拚命在墳上搧，莊周走過去問：「娘子，這墳裡葬的是什麼人？妳為什麼拿著扇子，拚命搧墳上的黃土呢？」少婦一邊不斷地搧，一邊說：「聽時笑破千人口，說出加添一段羞。」她說：「墳裡埋的是我亡夫，他生前我們非常恩愛，他臨終遺言，他死後，要等到墳上黃土乾了，我才可以改嫁，我想新堆的黃土不

容易乾，所以就拚命用扇子搧，讓墳上黃土快點乾。」莊周含笑說：「娘子手腕秀軟、舉扇無力，讓我替娘子出一臂之力吧！」莊周使用仙法，搧了幾下，土就乾了。婦人為了表示感謝之意，把扇子送給莊周，當然那把扇子對她也沒用了。

莊周回到家中，嘆了一口氣，唸出四句詩：「不是冤家不聚頭，冤家相聚幾時休。早知死後無情義，索把生前恩愛勾。」莊周的妻子田氏聽到，問他為什麼感嘆呢？這把扇子哪裡來的？莊周把整個事情跟田氏說，田氏很生氣地罵這種薄情的婦人，世間少有。莊周又唸了四句詩：「生前個個說恩深，死後人人欲搧墳。畫龍畫虎難畫骨，知人知面不知心。」田氏聽了更加生氣：「你不要一竿子打死一船人，忠臣不事二主，烈女不嫁二夫，假如你死了，不要說三年五載，我一輩子也不會再嫁人。」莊周說：「這倒難說啊！」田氏說：「我哪像你那麼無情無義，死了一個又娶一個，休了一個又再娶一個，我們婦道人家，一鞍一馬，你又沒有死，還要冤枉別人。」把扇子拿過來，撕成粉碎。

過了幾天，莊周忽然得病，而且一天比一天嚴重，莊周說：「我恐怕無望了，可惜前幾天妳把那把扇子撕掉了，否則還可以用來搧我的墳。」田氏說：「你放心！我會從一而終，你不相信的話，我願意死在你之前。」莊周說：「那我就死得瞑目了。」就氣絕身亡。田氏撫屍痛哭，悲傷不已。

莊子死後第七天，來了一位英俊美少年，面如敷粉，唇若塗朱，帶著一個老僕人，說是楚國來的王孫，和莊周相約見面，現緣慳一面，希望留下來為莊周守喪一百日，也趁這個機會借讀莊周的著作。這位楚國來的王孫住下來，過了二十幾天和田氏產生了感情，兩個人決定成婚。

不料新婚之夜，這位王孫突然眉頭雙皺，寸步難移，倒在地下，只叫心疼難忍，口吐涎沫，奄奄欲絕。田氏問服侍楚國王孫的老僕人，老僕人說：「這種症狀，每隔一兩年發生一次，只有一種藥可以醫治，就是用生人腦髓，用酒煮熟吞服。上一次在楚國就是用被判死刑的囚犯的腦髓把病治好的，可是，現在我們遠在山野之外，哪裡可以找到生人的腦髓呢？」田氏問：「生人的腦髓找不到，用死人的腦髓可以取代嗎？」老僕人說：「大夫說，人死四十九日之內，腦髓還沒有乾枯，可以取代。」田氏說：「我丈夫死了才二十來天，讓我去把棺材劈開，把他的腦髓取出來用。」

田氏右手提燈，左手握砍柴的板斧，去到莊周停棺的地方，把燈放下來，看準棺材，雙手舉斧，用力劈下去。莊周的棺材薄薄的，一斧就被劈開了。莊周在棺材裡坐起來，嘆一口氣，說：「娘子，趕快把我扶起來。」田氏把莊周扶起來，回到鋪設燦爛的房間裡，楚國王孫和老僕人都不見了。莊周開懷暢飲，唸了四句詩：「夫妻百夜有何恩，見了新人忘舊人。甫得蓋棺遭斧劈，如何等待搧乾墳。」後來田氏變得精神恍惚，懸樑自盡。這就是莊周鼓盆而歌的故事。

當然這種民間故事都是虛構不可以當真，不過，這虛構的故事也反映了封建社會對婦女三從四德、不合乎人情的偏見，也描繪了莊周偽善、猜疑和嫉妒的性格。

大劈棺

中國的戲劇裡，許多流傳廣遠的劇本都是以莊周故事為架構編成的，京戲的〈大劈棺〉、崑劇的〈蝴蝶夢〉、越劇的〈蝴蝶夢〉、粵劇的〈莊子試妻〉、黃梅調的〈劈棺驚夢〉都是例子。

讓我在〈大劈棺〉劇本裡找幾段出來講給大家聽。當莊周幫那位在墳旁的婦人把墳上黃土搧乾後，婦人就把扇子送給莊周，莊周把扇子拿回家給他的妻子田氏，田氏看到扇子上面寫著：

道人行路在路旁，你搧墳來好心酸。但等莊子死故後，你妻比我大不賢。

莊周回到家裡，把幫助那位寡婦搧墳的故事告訴他的妻子田氏，田氏對這位寡婦的行為大不以為然，她跟莊周說：

聽為妻把此話細對你言，倘若是先生亡故了，我總要守節立志賢，若有三心並兩意，準被天打五雷轟。

莊周喝了一杯茶，就要裝死：

我將茶羹淌在手，喝一口來好悲傷，一霎時酸痛難以掙扎，閻王註定三更死，何人留我到五更。

後來，楚國王孫來弔唁，田氏唸了四句詩給他聽：

風流人人羨，青春愛少年，能解詩中意，永結百歲緣。

楚國王孫說：我聽懂了，不過，我有三個條件：第一、馬上把莊周的牌位打倒；第二、脫掉素服，換上紅衣服；第三、拜了天地，就入洞房。田氏同意了，他們兩個同拜天地：

一拜花堂為媒證，二拜黃河就澄清。

正在拜堂時，楚國王孫心病發作，需要活人的腦髓來救治，楚王孫大叫：「疼死我了！」

田氏說：「我若是不救，死了一個，再死一個不成，還是將棺木劈開搭救公子性命罷了。」田氏劈開棺木，莊周坐起來，說：

罵聲田氏大不該，大不該，不該板斧來劈棺，來劈棺，不是貧道躲得快，險些砍了天靈蓋。

莊周和他的妻子田氏的故事，崑劇叫做〈蝴蝶夢〉。〈蝴蝶夢〉有許多版本，明朝謝國、清朝嚴鑄都有不同的版本，幾年前有古兆申編的新版，讓我講幾段。當莊周問寡婦為什麼用扇子去搧墳時，她說：

妾有衷腸事，何勞問不休？那墳中所葬是何人？他生前是妾多情偶。搧扇是何用意？只因不負神前咒，特地搧乾土一坯，蒙君憐奴為援手，感君恩德永無休。

當田氏向楚國王孫表達她的心意時，田氏說：

不如意事常八九，可與人言無二三，奴家自見王孫之後，終日不茶不飯，沒情沒緒。

當楚國王孫還有猜疑時，田氏唱：

並、並、並，並沒有姑與翁，怕、怕、怕，怕什麼人攔縱。便、便、便，便有那黃金百兩成何用？恁、恁、恁，恁便牽羊擔酒不為豊。笑、笑、笑，笑王孫恁懵懂，他、他、他，他多心錯認五更鐘。

最後，莊子從破棺裡跳出來，唱：

蝴蝶夢中事，似假亦是真，夫妻之情男女之歡，也不過是一枕黃粱，莊周夢已醒，孽緣已了情，此夢是真也是假，是假也是真。

在黃梅調的〈劈棺驚夢〉裡，當田氏遇到楚國王孫時，田氏唱：

夜漫漫，日長長，形孤影單好淒涼，愁似落葉掃不盡，落葉一片淚一行，我是落葉葉是我，眼望腳下路茫茫。

接著她又唱：

那日裡，草茂花鮮妍，可意人玉樹臨風在眼前，激動池中水，撥響心底弦，今日裡，草萎花也殘，那人兒鬼使神差到眼前，池中是枯水，心底是斷弦。

最後結束時，莊周唱：

自以為超凡脫俗入仙境，自以為胸襟磊落無纖塵。誰知夫妻糾葛起，剪不斷，理不清，萬般愛，千重恨，又甜又苦，又酸又辣，難丟難捨種種情，把自己的道德文章，拋到了九霄雲。

伏爾泰的查第格

講完莊周的故事，其實，在西方文學和傳說裡，也有好幾個相似的故事。十八世紀法國文學家伏爾泰（Voltaire）的一本小說〈查第格〉（Zadig），描述古巴比倫時代哲學家查第格的故事。有一天，查第格的妻子散步回家，很生氣地告訴查第格，她去慰問一位丈夫剛剛過世的寡婦，這位寡婦曾經發誓，只要他丈夫墳前的溪水繼續流，她就會一直守在丈夫的墳前。可是，在她丈夫過世兩天後，她就動手掘地，要讓墳前的溪水改道。查第格聽了，他假裝突然病發身亡，他的妻子呼天喊地很悲傷。當天，一位查第格的年輕好友來慰問，幾天下來，彼此間漸漸產生了感情。有天晚上，這位年輕的情人，突然胸疼不止，並說唯一治療的方法是找一個死人的鼻子貼在胸口。查第格的妻子拿著一把刀到查第格的墳墓，要把查第格的鼻子割下來，這時查第格從墳墓裡跳出來，按著鼻子說：「不要罵掘地讓溪水改道的那個寡婦啦！妳們兩個可不是半斤八兩嗎？」

另外一個故事，二千多年以前，羅馬小說家佩卓尼亞士（Petronius），在他的小說*Satyricon*裡〈以弗斯的寡婦〉（Widow of Ephesus）的故事。有一位丈夫剛過世的寡婦留守在他丈夫的墳墓裡，陪伴丈夫的屍體，一連五天不食不飲，墳墓附近的一位士兵發現了這個情形，帶了酒和食物來安慰她，並在墳墓裡陪她過夜。但是，這位士兵的責任是看守釘在十字架上犯人的屍體，當晚其中一個屍體被偷走了，他知道免不了要受到嚴厲的處分，正要舉劍自殺時，寡婦說：「我何必看到我愛的兩個人的屍體呢？」於是她就吩咐那位士兵，把她丈夫的屍體從墳墓裡抬出來，釘掛在十字架上，冒充那個被釘在十字架上犯人的屍體。

還有一個德國故事，一位寡婦做了一個和丈夫真人一樣的木刻雕像來紀念他。可是，當她遇到一位新的情人時，她就把丈夫的雕像砍碎，用來烤魚給她的情人吃。崑曲〈蝴蝶夢〉最後有一句：

王侯也是空，貧窮也是空，轉眼成何用，莊周驚醒了蝴蝶夢。

生死同狀

戰國時代的哲學家莊周在他的著作《莊子・外篇》第十二篇〈天地〉裡說「萬物一府，死生同狀」，意思就是萬物是一個整體，死和生並沒有差別。在《莊子・內篇》第二篇〈齊物論〉裡，他講到他夢見自己變成一隻蝴蝶，翩翩飛舞，悠然自得，不知道自己是莊周，等他夢醒過來，卻是僵臥在床上的莊周，到底是莊周作夢變蝴蝶呢？還是蝴蝶作夢變成莊周呢？這就是萬物是一個整體的例子。

按照《莊子・外篇》第十八篇〈至樂〉裡的記載，莊子的妻子去世了，莊子不但沒有悲傷，還張著腿坐在地上敲瓦盆唱歌，這就是莊子認為死和生並沒有分別的例子。

《莊子・外篇》第二十二篇〈知北遊〉裡，他說：「生是死的同類，死是生的開始。」在〈齊物論〉裡，莊子又說過：「莫壽於殤子，而彭祖為夭。」未成年而死的人叫做殤子，彭祖是中國歷史上從堯帝起、經歷夏商周朝、傳說活到八百歲的一個老頭子。但是「莫壽於殤子，而彭祖為夭」這句話，是說未成年而死的人是長壽，而彭祖是短命，這又是「生死同狀」這個觀點的一個闡述。無論如何生和死是生命中的兩個轉捩點，許多人對生和死也有不同的觀點和看法。

孔子在《論語》第十一篇裡說「未知生焉知死」，孔子是把生和死分開來看成兩回事。胡適之先生有一篇幽默的小說〈差不多先生〉，他寫這篇小說的用意是指出中國人做事往往馬馬虎虎，不夠嚴謹、精準，只要差不多就可以了。當差不多先生病危，差不多要死去時，他還在說：「活人同死人差不多，何必太認真？」美國文學家馬克・吐溫說過，「為什麼我們出生時歡欣喜樂，在葬禮上悲哀傷痛呢？因為我們不是當事人。」意思是生是不是一種苦難，死是不是一種解脫，並沒有定論。

蘭亭集序

不過，讓我講講東晉時被尊稱為書聖的書法家王羲之先生的看法。

王羲之寫的最有名的一篇文章是只有三百二十四個字的短文〈蘭亭集序〉。在東晉穆帝永和九年（西元三五三年），三月三日，王羲之和許多東晉文人共四十一人，在會稽郡山陰縣（現今浙江紹興）的蘭亭聚會。按照當地的風俗，在河畔溪邊用水洗臉，用意是滌除塵垢，驅除不祥，祈求安福，叫做修禊。在聚會上，大家做詩，把這些詩集結成詩冊，〈蘭亭集序〉就是由王羲之為詩集寫的序文。

王羲之把這篇序文寫成行書法帖，這個法帖就叫做蘭亭序，被書法家公認為「行書第一帖」，這個法帖的真跡，原本被唐太宗作為殉葬品埋入昭陵已經失傳，現在還存在被公認為最好的摹本叫做「神龍本」，現存在北京的故宮博物院。王羲之寫了幾千張法帖，可惜到了今天，流傳下來的只有大約二十張，而且都是臨摹的版本。臺灣故宮博物院有好幾件他的作品，其中最有名的是「快雪時晴帖」。

在〈蘭亭集序〉這篇文章裡，一開始作者把聚會的時間、地點、目的寫出來，「永和九年，歲在癸丑，暮春之初，會於會稽山陰之蘭亭，修禊事也。」參與的人是「群賢畢至，少長咸集」，周圍的風景是「此地有崇山峻嶺，茂林修竹，又有清流激湍，映帶左右」，當時的天氣是「天朗氣清，惠風和暢」。

他們把盛了酒的酒杯放在清溪裡順流而下，大家列坐在清溪旁，拿起酒來喝，吟詩交談，「流觴曲水，列坐其次……一觴一詠，亦足以暢敘幽情」。讓酒杯沿著清溪順水而流，供大家任意取用，也正是時下流行的迴轉壽司的作法吧！

接下著，文章裡說，人的個性和愛好是不同的，有些人好靜，喜歡在房間裡坐下來交談，有些人好動，生活狂放不羈，「趣捨萬殊，靜躁不同」。雖然如此，當每個人遇到自己喜歡的事情時，他會感到快樂和滿足，「不知老之將至」；話鋒一轉，人們對喜愛的事物會變得厭倦，歡愉的時光會成為過去，更何況生命長短是由上天決定的，最後都會結束，「修短隨化，終期於盡」。古人說「死和生是一件大事」怎麼不令人難過呢？接著，他更進一步不同意莊子死和生的看法，「固知一死生為虛誕，齊彭殤為妄作」，「一死生」就是莊子說的「死生同狀」，死和生都是一樣的，王羲之說那是不實際、荒誕的；「齊彭殤」就是莊子說的「殤子為壽，彭祖為夭」，未成年而死是長命，彭祖是短命，王羲之說那是胡說八道。

最後，他說，我們讀古人的著作時，往往產生共鳴和同感，而且，「後之視今，亦猶今之視昔」，後代看現在，也正跟現在看過去一樣，所以，我們在這裡把我們的詩文寫下來，雖然以後時空環境改變，我相信大家許多的感受是一樣的，原文是「雖世殊事異，所以興懷，其致一也」。

一路讀下來，這的確是一篇寫得很好的文章，它馬上讓我想到李白寫的〈春夜宴桃李園序〉，這是一篇充滿了快樂、邀請大家飲酒寫詩的小品，只有一百一十七個字。

夫天地者，萬物之逆旅。光陰者，百代之過客。而浮生若夢，為歡幾何？古人秉燭夜遊，良有以也。況陽春召我以煙景，大塊假我以文章。會桃李之芳園，序天倫之樂事。群季俊秀，皆為惠連；吾人詠歌，獨慚康樂。幽賞未已，高談轉清。開瓊筵以坐花，飛羽觴而醉月。不有佳作，何伸雅懷？如詩不成，罰依金谷酒數。

「夫天地者，萬物之逆旅；光陰者，百代之過客。而浮生若夢，為歡幾何？」天地是萬物的旅館，光陰是百代的過客，人生漂浮不定，有如作夢，歡樂的時光有多少呢？

星期五

讓我們來講講神話

荷馬史詩與希臘神話

什麼是神話？

什麼是神話呢？神話不一定是小說（fiction），原則上小說是全部虛構的；神話不一定是神仙故事（fairy tale），因為神仙故事裡的神仙是全部虛構的，而且神仙故事往往都是美麗、完美無缺的；神話不一定是寓言（fable），因為寓言都有一個教訓隱喻其中。但是，神話跟歷史有相當密切的關係，因為多半的神話都是描寫遠古時代發生的故事，從神話裡可以看到很多當時生活文化的層面。神話跟地理也有密切的關係，因為不同的地區、不同的神話，有希臘神話、羅馬神話、埃及神話、北歐神話、美洲神話、印第安神話和中國神話。神話和自然科學也有相當密切的關係，因為許多神話是古人對觀察到的自然現象所作的解釋。神話和文學更有相當密切的關係，在神話裡，不但蘊藏了豐富的想像力，且經由優美的文字表達出來，荷馬（Homer）敘述希臘神話的史詩，就是很好的例子。

讓我們先談談希臘神話。在希臘神話裡，神是人的化身、代表，希臘神話中的神，不是完美無缺、至高無上，而是有喜、有怒、有嫉妒、有貪婪、有失望和悲傷等等的人性，因此希臘神話裡的神，都被塑造出一個年輕、俊美、健康、可愛的形象，正如荷馬所說，許多希臘神話中神的形象，就是正當青春的美少年。在比較早的神話裡，神和人的形象往往不一致，例如人面獅身的神（Sphinx）、有牛頭和鳥翅膀的神都是例子。在希臘神話裡，神是人的化身和代表，所以希臘神話裡的神並沒有無窮的法力，希臘神話裡的故事，通常都合乎邏輯和常理，所以並沒有像阿拉丁的神話裡，用手一摸就有精靈跳出來的故事。希臘神話裡，講天文學，但完全沒有談星象學。希臘神話可以被看成描寫人和人間的關係，描寫人在大自然環境裡，上有太陽月亮、下有高山河川、周圍有花草樹木的生活情形。

當我們片段地、零碎地講希臘神話時，我們會講到很多不同的神，再加上他們彼此之間的父母兄弟姐妹關係，也的確是相當混亂，弄得讀者神魂顛倒、六神無主、魂不守舍，一下子不留神，故事就像神龍見首不見尾一樣，失去了頭緒，所以讓我先粗略地敘述他們的家族關係。

神的系譜

希臘神話裡的神，緣自一個代表天，一個代表地的神，可以稱他們為天公和地母。天公和地母有許多兒子，叫做泰坦（Titans），也被稱為老神（Elder Gods），最重要的幾個老神是康納士（Cronus）、奧斯安納士（Oceanus）和海帕利安（Hyperion）。老神的下一代，也可以說是第三代，包括了希臘神話裡很多重要的角色，特別是住在奧林帕斯山（Mount Olympus）上的十二個地位最高的神，這十二位神中，權力最大的是天帝宙斯（Zeus），他管天空、雲和雨，還管打雷、閃電，至於其他的神，包括海神（Poseidon）、愛情之神（Aphrodite）等等。雖然是族繁不及一一記載，很簡單地把這些神的三代族譜勾勒出來後，讓我把這三代接班的神話故事講給大家聽。

天公地母是第一代，他們生的兒女泰坦是第二代。但是天公對自己的兒女不好，監禁、虐待他們，所以地母發動她的兒子們篡位，其中一個兒子康納士（Cronus）聽從媽媽的話，用媽媽做的一把鐮刀把天公閹割了，自己登上管治全世界的皇位。但是康納士從天公地母那邊聽到，他篡了天公的位，有一天他的兒子也會篡他位，所以，每次他的皇后生小孩時，康納士就把小孩活生生地吞到肚子裡，免得這些小孩長大了篡他的位，這樣一連吞食了四個小孩之後，皇后實在忍無可忍了，當她生第五個小孩（就是海神）的時候，她找一隻山羊來代替，讓康納士吞下去；當她生第六個小孩（就是天帝宙斯〔Zeus〕）的時候，她用一張毯子包著一塊石頭來代替，讓康納士吞下去。宙斯長大後，他用他的祖母、也就是地母做的毒藥，讓康納士把他吞到肚子裡的東西吐出來，先是那塊石頭，然後是那頭羊，然後是他的一個哥哥、三個姐姐，後來宙斯的哥哥姐姐們聯合把康納士、也就是他們的爸爸推翻，也把許多泰坦關起來，宙斯就成為統管全世界的天帝了。

有人會說，希臘神話裡，這種血淋淋的故事，太恐怖、太不可思議了，居然有兒子為了篡位，把爸爸閹割了；居然有爸爸害怕兒子篡位，把兒子活生生地吞下去，而且在這當中策劃的還是地母，她策動康納士去傷害自己的爸爸，她又用毒藥讓康納士把吞下去的兒子、女兒吐出來。可是，你一定已經想到這幾個千年以前的希臘神話，都在歷史裡重複出現又再出現。為了權力，為了權力背後的榮華富貴，中外有許多勾心鬥角、不擇手段的宮廷鬥爭故事，大家非常熟悉的例子，就是在電視連續劇裡看了很多次的清朝雍正皇朝的故事，還有武則天、慈禧太后的故事，父子關係、兄弟關係、君臣關係、朋友關係都會被權力的光芒所掩蓋，誠實、忠貞、孝順這些美德，都會被富貴榮華所腐蝕。即使在今天的民主政治制度底下，當所謂「父傳子、子傳孫」的政治體制已經不存在的時候，傳位的觀念、篡位的手段，能夠不讓我們怵目驚心，不讓我們想起神話裡、歷史中的經驗和教訓嗎？

不管什麼制度，包括今天被視為普世價值的民主制度，都是需要時間來發展、成熟的。民主的路是崎嶇的，不管在什麼國家、什麼地區，這條路走起來是辛苦的、是要付出代價的。我們不能夠、也不會期待很容易地找到一條非常平坦的捷徑，但我希望歷史的教訓，讓我們有足夠的智慧，不再是「一代不如一代」的回頭路，而是「下一代會更好」的大路。

我們在前面講過希臘神話裡的神，第一代是天公與地母，第二代是泰坦，到了第三代和第四代就是奧林帕斯山上以天帝宙斯為首的神了，現在讓我挑幾個有趣的神話故事和大家分享。

希臘神話裡的太陽神

我先講太陽神的故事，在泰坦裡，有一個叫做海帕利安（Hyperion）的泰坦，他有一個兒子希里歐斯（Helios）是太陽神，一個女兒斯麗莉（Selene）是月亮女神，另外一個女兒伊奧（Eos）是黎明女神，她的眼淚就是早上的露水，每天早上黎明女神會打開天上的大門，讓太陽神希里歐斯駕著四匹馬拖著的馬車，從東邊到西邊，橫過天空，太陽神走完後，月亮女神斯麗莉就會駕著她的銀色馬車，橫過天空。這是一個很好的例子，指出在古老的時候，人們用神話裡的故事解釋他們所看到的自然現象。

太陽神的宮殿是一個光明燦爛的地方，黃金耀眼，象牙又白又亮，珠寶爭輝，宮殿裡每一件東西都是光彩奪目，宮殿裡永遠是中午、沒有夜晚、沒有黑暗，很少凡人受得了這種眩目的亮光，也很少凡人有機會來到這個地方。有一天，一個年輕的凡人居然來到太陽神的宮殿，雖然眩目的亮光讓他不得不走走停停，他還是來到太陽神的寶座前。太陽神問他：「你來這裡，有什麼目的嗎？」年輕人說：「我來是要證實，您是不是我的爸爸？我媽媽告訴我，您是我的爸爸，但是我的朋友都不相信，都嘲笑我，當我問媽媽的時候，媽媽說，你最好自己去把答案找出來。」太陽神微笑，他把他耀目的皇冠拿下來，好讓年輕人可以正視他，太陽神說：「你媽媽講的是實話，你是我的兒子，為了消除你的懷疑，讓我給你一個證明，讓我對著冥河（Styx）這條河發誓，你要什麼，我就給你什麼。」在希臘神話裡，天上諸神都會對著冥河發誓，因為對著冥河發的誓，必須遵守履約。

年輕人聽了這話，興奮又害怕，因為每一天早上，看到太陽升起的時候，他知道那是太陽神駕著馬車，橫過天空，帶給世界光明，當他聽到太陽神是他的爸爸，而且答應他任何一個請求時，他毫不猶豫地說：「我要代替您駕著您的馬車，在天空走一回。」太陽神馬上知道自己錯了，但是在冥河面前發過的誓言是不能收回的。他對年輕人說：「我發過的誓不能收回，但是我希望你能夠收回你的要求，沒有一個凡人，甚至除了我之外，沒有天神能駕著馬車走這一趟崎嶇路。早上的時候，從海面往上爬的路非常陡，這幾匹馬得出盡力氣，拖著馬車往上爬；中午的時候，從高高的天空看下來，會讓你心驚膽跳；下午走下坡的時候，是最可怕的，連在海裡的神都擔心我會頭下腳上地翻下來；而且這幾匹馬猛得很，非常不容易控制。還有，你以為一路走來，風景很美麗嗎？不是的。沿路上獅子、野牛、蠍子、巨蟹等著傷害你。年輕人，聽我的話，看看這花花世界裡頭任何的東西，為了要證明我是你的爸爸，我都會讓你得到你要的東西。」

但是，年輕人怎麼肯放棄駕著馬車橫過天空的機會，而且太陽神已經沒有時間去說服他了，東方已經露出紫紅色，黎明女神已經用她玫瑰般的手指打開了天門，星星離開了天空，連晨星（morning star）也開始黯淡了，一切已經準備就緒，年輕人跳上馬車，讓馬帶著他，越過海面的低雲，向天空飛奔。剎那間，他的確覺得自己是天空的主宰，但馬車開始狂烈地振動，速度開始增加，他沒辦法控制車子了，這幾匹馬知道車上不是牠們的主人，而是一個沒有足夠力氣的新手，牠們拖著馬車橫衝直撞，高高地往上爬，迅速地往下衝，當馬車爬得太高的時候，地上變得冰冷；當馬車下降得太低的時候，地面被燒成沙漠，最後到處都開始著火燒起來了，從高山到平原、到谷底。奧林帕斯山上的神都大為震驚，天帝宙斯使出閃電的神力，把馬車打得粉碎，也把馬車裡太陽神的兒子打死，他全身是火，從天上掉到伊力丹納（Eridanus）的河裡。他的兩個妹妹來到河邊悼念他，為他哀哭，後來化身為河邊的兩棵樹，她們的眼淚成為河邊的琥珀（伊力丹納河是出產琥珀著名的地方）。

在這個故事裡，太陽神的兒子叫做菲雅頓（Phaethon），這就是小孩玩大車的神話故事的結局。其實，這個故事的教訓是：不可以不自量力、做能力不及的事；還有爸爸溺愛兒子，也會帶來不可收拾的後果。

英文單字的神話起源

仙女Echo

接著，我要講幾個希臘神話的故事，這幾個故事都和英文裡大家很熟悉的字和詞有關係。

在英文裡，echo是「回聲」的意思；在物理學裡，我們知道聲波在房間、山洞裡經由牆壁、洞壁反射回來就成為回聲。例如我們會說"We can hear the echo of his footsteps."（我們可以聽到他腳步的回聲）。echo這個字也可以作為動詞，"He echos my opinion."（他回應我的意見）。但是，你可知道Echo是希臘神話裡一位美麗仙女的名字嗎？

Echo這位仙女又會講話、又喜歡講話，在天后赫拉（Hera）面前總是話講不停，天帝宙斯就趁著Echo跟天后聊天、天后聽得入神時，偷偷溜出去跟別的仙女鬼混，久而久之，天后發現了天帝的不軌行為，卻把怨氣發在Echo身上，她用神力讓Echo永遠不能自在地講話，只能重複別人講話的最後幾個字，這可真是很殘酷的懲罰。

在中國古老的傳說裡，有一種蟲叫做應聲蟲，假如你不小心把它吃到肚子裡，你講什麼話，牠在你肚子裡就會重複你的話。治療這個毛病的唯一辦法，是找一本記載所有草藥名的書，把草藥名一個一個唸出來，當應聲蟲聽到某一個草藥名時，卻不重複回應的話，那就是牠最害怕的草藥，吃了這種草藥就可以把應聲蟲殺死了。

自戀的水仙花

讓我繼續講Echo這位仙女的故事，她遇到一位美少年Narcissus，在英文裡那是水仙花，為什麼一位美少年會取水仙花做名字呢？繼續看下去，你就會知道。Narcissus是個萬人迷，許多美麗的仙女都想和他交朋友，可是，Narcissus從不動心，不跟任何一個要好，Echo也很喜歡他，一直想找機會跟他交往。有一天，Echo跟在Narcissus背後，來到了樹林，Narcissus放眼望去四下無人，就大聲地問：「有人在這裡嗎？」躲在樹後的Echo回聲說：「有人在這裡嗎？」Narcissus說：「來呀！」Echo回聲說：「來呀！」然後滿心歡喜從樹後跳出來，可是，Narcissus看到她就說：「我才不要跟妳好！」Echo回聲說：「不要跟你好！」Narcissus就跑掉了。Echo又傷心又懊惱，躲進山洞裡，再也不出來，最後她就化身變成山洞裡的回聲。

至於Narcissus的下場呢？他傷了這麼多仙女的心，最後有一位仙女咀咒他說：「你什麼人都不喜歡，那你就只喜歡你自己好了。」女神Nemesis是主掌公平正義的女神，她聽到了這句話。有一天，Narcissus到池塘邊彎下身喝水時，女神Nemesis讓他愛上了自己在水中的倒影，Narcissus感覺到池塘裡那個人，也同樣的喜歡他，最後，當他發現池塘裡的那個人只是他自己的影子時，他哭起來了，他說：「現在我才明白因為我只愛自己，讓別人受到創傷，我沒有辦法接近池塘裡的那個人，但是我也沒有辦法離開他，只有死亡才能讓我得到解脫。」他坐在池塘邊，凝望著水中自己的倒影，他對水中倒影說：「再見。」在不遠處的仙女Echo也跟著回聲說：「再見。」Narcissus消失了變成池塘邊的一朵小白花，那就是水仙花。在心理學裡，Narcissism就是自戀症。

水仙花的中國傳說

在中國的傳說裡，也有跟水仙花有關的故事。有一位老寡婦和她的兒子過著貧窮的生活，兩人相依為命，兒子每天在外面工作維持生活。有一天，老太太替兒子準備好晚飯，等他回家吃飯，忽然外面來了一個老乞丐，他已經好幾天沒吃東西，老太太把為兒子準備好的飯拿出來給他吃，老乞丐實在太餓了，狼吞虎嚥把所有的飯菜都吃光了，老太太流下眼淚，因為家裡已經沒有東西了，兒子回來就得餓肚子，老乞丐問明原委，他非常感動，跑到屋外，把剛剛吃下去的食物全部吐出來，吐在屋前小溪邊上。第二天，老乞丐吐出來的東西變成美麗的小白花，老太太把這些小白花賣掉，賺了許多錢。這些小白花就是水仙花。

另一個大家都聽過的故事：武則天在嚴寒的冬天，下令御花園裡的花要全部為她盛開，在福建的水仙花六姐妹，只好奉上天花神的命令，從福建到長安去，可是，當她們路過長江口的崇明島時，小妹妹不願意到長安為武則天開花，就悄悄地留在崇明島，所以，今天福建的水仙花一株有五朵花，崇明島的水仙花都是一朵怒放。

水仙花是球根植物，它的根的樣子跟大蒜很像，有一句歇後語「水仙不開花」，那就是「裝蒜」。

正義女神Nemesis

講到這裡，我們不要忘記那位主管公平正義的女神Nemesis，她懲罰Narcissus，讓他變得不喜歡任何人、只喜歡自己，最後抑鬱而終，變成一株水仙花。有個故事，天帝宙斯看上了Nemesis，Nemesis為了躲避天帝，變成不同的化身，但是，天帝也不是傻瓜，Nemesis變成一隻鵝，天帝變成一隻天鵝，把Nemesis捉到，天帝說既然妳那麼精明有計謀，妳就負責主管世界上的公平正義吧。如果，一個人運氣太好、得意忘形，Nemesis就會讓他吃點苦頭，平衡一下；如果，一個人運氣太差、太倒楣，Nemesis也會幫他一把。在英文裡，nemesis這個字是剋星，而且含有報應、無法抵抗的意思，例如"Ice cream is my nemesis."（冰淇淋是我無法抵抗的剋星），就是說我太愛吃冰淇淋，即使明知發胖是吃了的報應，也無法抵抗；“To do business with this guy is to invite nemesis.”（跟這個人做生意就是自己找剋星、找報應）。

狩獵之神Pan

在英文裡，panic這個字是恐慌、緊張的意思，特別是一大群人或牲口集體的反應。例如“Don't panic, the fire truck is coming.”（不要恐慌！消防車馬上就到了）；“A wave of panic selling shakes the stock market.”（一陣恐慌性的賣壓，震撼了股票市場）。在希臘神話裡，Pan是主管畜牧、狩獵的神，他的上半身是人，下半身是山羊，頭上還有一對山羊的角，經常在山間、野外和森林裡巡邏。希臘的牧人不管羊群、牛群發生了什麼事情，通通把責任推在Pan身上，傳說只要Pan大聲呼叫一下，就會引起羊群、牛群騷動和恐慌；也有一個說法，在一場天神的戰爭裡，Pan引起敵人心中的恐懼和混亂，敵人因而落敗了。這就是英文裡panic這個字的來源。

pan作為字首，是全部、全面包羅的意思，Pan American包括整個南北美洲，統稱泛美，我們常講的泛藍、泛綠也是同樣的意思。不過，pan全部這個字義和畜牧之神Pan的名字有沒有關係，文字學家未有一致的定見。

在英文裡，pan是一個鐵盤子或是炒菜鍋的意思，pots and pans是鍋鍋盤盤；pan cakes是在平鍋上做的鬆餅；pan handling是拿著一個盤子或者杯子行乞，在中文裡，叫做沿門托缽；a flash in the pan鐵盤裡的一陣閃光，是表示一場歡喜一場空的意思，這個詞來自十九世紀美國淘金熱時，淘金客在河裡挖出來的一盤沙土裡，看到一陣閃爍的光芒，後來卻發現並不是金子。

畜牧之神Pan也不是一個老老實實、規規矩矩的牧羊神，總是喜歡去打擾追逐那些美麗的仙女，其中有一位他特別喜歡的仙女叫做Syrinx，不過，Syrinx很討厭他。有一天，Pan追Syrinx到河邊，Syrinx被追得走投無路，她就請她的姐妹幫忙，將她變成一根蘆葦，好讓Pan找不到她，可是，Pan沒有死心，他要永遠跟Syrinx在一起，當他聽到風吹過中空的蘆葦，發出如怨、如慕、如泣、如訴的聲音時，他剪了幾根長短不一的蘆葦，把它們綁成一排，做成一個樂器，用每根蘆葦吹出不同的聲音，這個樂器的名字叫做Syrinx，在中國則稱為排簫，這也就是後來口琴、管風琴等樂器的原始模型。在英文裡，這個樂器也叫做Pan flute，Pan就是源自牧羊神Pan的名字；因為仙女Syrinx變成了一根蘆葦，Syrinx這個字就演變成英文裡syringe這個字，syringe通指管狀的儀器工具。滴眼藥水用的滴管，打針用的針筒，都叫做syringe。

文藝女神Muse

希臘神話裡，有九位文藝女神叫做Muse，在中文直接音譯為「繆思」。這九位文藝女神是天帝宙斯和記憶女神Mnemosyne生的女兒，她們掌管詩歌、戲劇、音樂、舞蹈、天文、歷史這些藝術領域，特別是有一位掌管史詩，一位掌管歷史，一位掌管情詩，一位掌管音樂和抒情詩，一位掌管悲劇，一位掌管聖歌，一位掌管舞蹈和合唱，一位掌管喜劇，一位掌管天文。她們在山中泉水旁唱歌跳舞，激發大家藝術創作的靈感。

在英文裡，muse這個字作為名詞，指原來希臘神話裡的文藝女神，引申下來又指藝術，特別是詩歌文學創作的靈感。臺北故事館有一個叫做「繆思的星期五」的文學沙龍，每個月的第三個星期五，他們邀請詩人、小說家、散文家、創作家等朗誦他們的作品。muse這個字作為動詞是沉思、默想的意思。museum是藝術館、博物館，這個字源自希臘文藝女神們muses的殿堂；amuse就從原來引人深省轉變為使人快樂的意思。

海仙女Siren

在希臘神話裡，還有關於住在海島上、上半身是人下半身是鳥的海仙女Siren的故事。這些海仙女們用美妙的歌聲吸引船上的水手，讓他們將船駛向她們住的小島，但是，這些船都會觸礁沉沒。傳說這些海仙女和文藝女神比唱歌，海仙女輸了，她們背上的翅膀被剪下來作為懲罰。在英文裡，siren這個字是告急的警笛、警鈴的意思，這跟海仙女們的誘人的歌聲也許有關係吧！

我用「講神話，讀英文」的口號，找出希臘話裡一些有趣的故事，同時，指出這些故事裡的人物和英文裡許多常用的字和詞關聯的地方。讓我繼續多講一些，首先，讓我做一個交代，希臘神話和羅馬神話中有很多重複的地方，不過，同一位女神在希臘神話和羅馬神話裡的名字往往是不同的。

愛神Aphrodite

希臘神話裡，Aphrodite是主管愛情、美麗、慾望和繁衍的女神，在羅馬神話裡，她的名字是維納斯（Venus）女神，我們也把Aphrodite和Venus稱為愛神，愛神Aphrodite長得美麗動人，在天神和凡人裡都有很多情人。不過，她的丈夫卻是那位長得很醜而且跛腳的火神Hephaestus，他主管火、工藝、冶金、雕刻，許多天神的盔甲、馬車、弓箭都是他鑄造的，在羅馬神話裡，他的名字是Vulcan，火神是個老好人，脾氣很好，手藝也很好。

為什麼愛神Aphrodite和火神Hephaestus會結為夫婦呢？這中間也有不同版本的故事，一個版本是愛神實在長得太美麗了，為了避免天神們為了她爭風吃醋，天帝宙斯就把她許配給火神。另外一個版本是火神的父親是天帝宙斯，母親是天后赫拉，赫拉看到他長得那麼醜，就把他從奧林帕斯山山頂丟下來，在空中翻滾了九天九夜，落到地面時把腳摔跛了。（另外一個說法是有一次天帝宙斯因為嫉妒，動手打了天后赫拉，做兒子的火神看不過去，想來解救媽媽，卻被天帝抓住從山頂丟下，把腳摔跛了。）總之，火神和天后媽媽之間有一個緊張的親子關係。

後來，火神用金子做了一個有魔力的寶座，天后赫拉坐上去，再也站不起來，為了讓天后能夠脫身，天帝天后就把愛神許配給火神，作為交換條件。火神為了討愛神的歡心，特別為她打造了許多美麗的珠寶，這樣一來，更增加了她誘人的魅力。在希臘神話裡，愛神浪漫、風流的故事倒是不少。

其中流傳最廣的是愛神Aphrodite和戰神Ares的故事。在羅馬神話裡，戰神的名字是Mars。經由太陽神的通風報信，火神知道愛神和戰神有曖昧的來往，他就用他很好的手藝打造了一個很細很細、幾乎看不見的金屬網，布置在床上，當戰神來到愛神的房間時，把他們兩個一起網住，在眾神面前把他們羞辱一番。

源自愛神Aphrodite的名字，在英文裡，aphrodisiac是催動情慾的食物或者藥品、春藥的意思。前美國國務卿季辛吉（Henry Kissinger）說過一句話：「權力是最好的春藥。（Power is the best aphrodisiac.）」意思是當一個人有了政治、財富、人事的權力，他會變得興奮、傲慢、迷惘和過分的自信。源自愛神Venus的名字，在英文裡，venom原來是愛情的口服液的意思，現在演變成毒藥，特別是毒蛇分泌的毒液；venerate是崇拜的意思，因為愛而崇拜，而維納斯女神代表的就是愛情；venereal是形容詞，venereal disease是性病的意思。

在羅馬神話裡，火神的名字是Vulcan，羅馬人認為火神鑄造、冶金工作的大本營是在西西里島的一個火山底下，每當火山爆發噴出火和灰的時候，他們就認為是火神開工了，這就是英文裡火山volcano這個字的來源。

在英文裡，戰神Mars的名字也就是火星的名字，戰神也是主管季節的神，因為他最喜歡春天這個季節，所以，春天的第一個月三月就叫做March；martial是形容詞，和軍事、戰爭有關的意思，martial law是軍事戒嚴法令，martial arts是功夫、柔道、空手道等等，court-martial是軍事法庭審判。

愛神Aphrodite有一個兒子叫做Eros，在羅馬神話裡，他就是丘比特（Cupid），他代表愛情美麗和情慾的神，有一雙翅膀，為了和他媽媽作區分，我們就叫他的媽媽為愛神，叫他為愛情之神。他通常被描繪為一個光著身體、手拿著弓和箭、頑皮可愛的小孩子，傳說被他的箭射中的人就會墮入愛河和情網之中，在有些圖畫中，丘比特用一條手帕矇著雙眼，象徵愛情是盲目的。英文裡erotic源自愛情之神Eros這個名字，就是情色的意思。

連丘比特都愛上的女子

接著，我要講Cupid和一位美麗的公主Psyche的故事。不過，讓我先把她的名字做一個交代，psyche在希臘文是靈魂的意思，在英文psyche作為名詞也是靈魂、精神心理狀態的意思；作為動詞psych是心理上的激發和鼓勵的意思，譬如說"The coach psyches the team up before the game."（教練在賽前為隊員鼓勵打氣）。演變下來，在英文psycho是「跟心理和精神狀態有關的」一個字首，psychology是心理學，psychoanalysis是心理分析，psychotherapy是心理治療，psychiatry是精神病學。

一位國王有三個美麗的女兒，最小的女兒Psyche遠比她的二個姐姐還漂亮，相比之下，Psyche就真是我們中文說的美若天仙了。Psyche的美麗吸引了許多遠近的青年人來看她，他們甚至認為Psyche比愛神維納斯還漂亮。如此一來，維納斯的廟也沒有人去朝拜了，她的祭壇也只剩下冰冷的灰，維納斯當然不能忍受，她把兒子丘比特找來，跟他說：「你要用你的神力，讓Psyche嫁一個最醜陋粗魯的丈夫。」大家記得，沒有人能夠抵擋丘比特的箭的力量。但是，沒想到，當丘比特看到Psyche時，就像中了自己的箭一樣，連話也說不出來。維納斯還以為大仇已報，結果呢？Psyche沒有愛上一個醜陋粗魯的人，但是，她也沒有愛上任何一個人，很多人來看她，稱羨她的美麗，卻又離開她而去了。

同時，她兩個姐姐都嫁給國王，過著榮華富貴的生活，美麗的Psyche卻只是孤單、默默生活在愁困裡。Psyche的父母很擔心Psyche找不到丈夫，她的爸爸特別去找一位先知尋求指點，其實，那時丘比特已經把整個事情跟這位先知講過，請先知幫忙。先知說：「Psyche長得那麼漂亮，沒有幾個人可以和她匹配，你得把她留在一個山頂上，她命中注定的丈夫是一條有翅膀的大蟒蛇，會來把她帶走。」Psyche穿上黑色的喪服，她的家人把她送到山頂，讓她一個人留在那裡接受她命中注定的厄運。當她顫抖哭泣時，一陣輕柔的風，把她從亂石的山頂捲起，輕輕地放在一片花香草軟的草地上，她安詳地睡著了。醒來時，她看到一座漂亮的大房子，金子造的柱子，銀子造的牆，地上鑲滿寶石，她慢慢地走進去，看不到任何人，但是聽到一個聲音說：「這是您的房子，請進！不要害怕！我們是您的僕人，我們會聽從您的吩咐服侍您。」

Psyche洗澡休息後，豐富的晚餐已經準備好了，吃飯時聽到美妙的音樂，琴聲伴著歌聲，可是她看不到任何人。到了夜晚，正如她的期待，她的丈夫來陪伴她了，Psyche聽到他丈夫溫柔的聲音，卻看不到他，不過，Psyche不再害怕，也不再想起她的丈夫是不是有一副醜陋凶惡的容貌。

嫉妒才是一條醜惡的蛇

有一個晚上，Psyche的丈夫跟她說，妳的兩個姐姐會到山上來找妳，妳千萬不要和她們見面，否則，會害了我，也害了妳自己，Psyche答應了。但是，第二天，當她想起她的姐姐，她傷心地哭起來，她的丈夫沒有辦法安慰她，只好說：「妳想看她們就看她們吧！不過，妳這樣做會帶來自己的毀滅。但是，妳千萬不要聽任何人的勸說，想要看到我的面目，否則，我們會永遠分離。」Psyche答應他。

隔天，一陣輕柔的風把Psyche的兩個姐姐送到山上，她們都很開心，三姐妹又重聚了。她們來到Psyche住的華廈，看到豐富的佳餚，聽到美妙的音樂，Psyche還把金銀珠寶送給兩個姐姐塞滿她們的手，Psyche只告訴她們，她的丈夫是一個年輕的獵人，正外出狩獵，之後Psyche就讓輕風把她們送回去。但是，她們的羨慕轉成嫉妒，想了一些惡毒的計謀。

那天晚上，Psyche的丈夫跟她說：不要再讓兩個姐姐回來了，但是，Psyche說我既然看不到你，難道我不能看到我的姐姐嗎？Psyche的丈夫又只好讓步。Psyche的姐姐又再回來，反覆地盤問Psyche她丈夫的樣子，當Psyche答不出來時，她們告訴Psyche，按照先知的說法，他的丈夫是一條大蟒蛇，雖然現在他對妳很好，遲早他會把妳吃掉的。Psyche越想越害怕，也越相信她們的話，Psyche就問她們，那我該怎麼辦？她們早就想好計謀，她們說，妳晚上準備一盞燈，一把利刃，當他睡著時，妳點上燈，看準一刀刺進他的身體，我們會在旁邊，把妳安全地帶走。Psyche不知道該怎麼辦，她掙扎了一整天，最後她決定，晚上她要點上燈，看看丈夫的樣子。當她丈夫睡著時，她點上燈，看到的不是一條大蟒蛇，而是一個英俊的美男子，她跪下來，羞恥和慚愧讓她恨不得把準備好的刀子往自己的胸口刺下去，她的手在發抖，手裡的燈的燈油滴到她丈夫的肩膀上，她的丈夫受了傷，醒過來，一句話也不說，就離開她了。

愛情的力量

Psyche在黑夜裡追過去，看不到她的丈夫，只聽到他的聲音：「我是主管愛情的神，沒有互信，愛情是不能存在的，再見吧！」Psyche悲傷之餘，鼓起勇氣，下定決心要盡她的餘生去找丘比特，即使他不再愛她，她還是要讓他知道她多麼愛他。

丘比特被燈油燙傷，回到媽媽維納斯身邊療傷，維納斯聽到這個故事，更生氣了，她要去找Psyche懲罰她。

Psyche到處找天神們幫忙，可是，他們都不想得罪維納斯，最後，她覺得唯一的辦法是直接去找維納斯，她願意做維納斯的僕人，來平息她的憤怒，而且，她想也許在維納斯家裡會遇到丘比特。維納斯說：「妳要做我的僕人嗎？好！讓我來訓練妳。」她把一大把麥和穀混合，吩咐Psyche在天黑以前把麥和穀分開來。當Psyche坐在那裡哭時，一大群螞蟻出來幫忙，一下子就把工作完成了。維納斯接著又給了Psyche幾個苦差事，Psyche都一一完成了。

最後，維納斯給Psyche一個最困難的差使，維納斯說為了照顧受傷的丘比特，她實在筋疲力盡了，她給Psyche一個匣子，要她到陰間去找主管生死的女神，向她求一些她的美麗和魅力放在匣子裡帶回來。Psyche穿過地底的一個洞，來到死亡之河，找到一個船伕送她到河的對岸，通過一隻有三個頭的守門狗，終於看到了主管生死的女神，她也答應把一些她的美麗和魅力放在匣子裡讓Psyche帶回去。Psyche想到馬上就會看到丘比特，她想打開匣子用一點點裡面的美麗和魅力，把自己的容貌變得更美，可是，當她打開匣子時，發現匣子是空的，Psyche突然變得軟弱無力，沉沉地睡著了。

這時，丘比特的傷口已經復原，雖然維納斯把大門鎖上，丘比特從窗口飛出去，找到他的妻子Psyche，把她眼裡的睡眠抹掉，把睡眠放回匣子裡，用一枝箭輕輕地觸刺，把Psyche喚醒，輕輕地責罵她一下，然後告訴她拿著匣子送給維納斯。丘比特直接來到天帝宙斯面前求他幫助，天帝答應了。天帝把所有的天神召集在一起，宣布丘比特和Psyche正式結為夫婦，天帝還讓Psyche喝了不老的靈藥，讓她從凡人變為天神。這就是整個故事美滿快樂的結局，愛情Cupid和靈魂Psyche經過磨練和考驗，最後在一起，永不分離。

大力士海格力斯

在羅馬神話裡，有一個家傳戶曉的大力士、大英雄叫做海格力斯（Hercules）；在希臘神話裡，他們叫他Heracles。海格力斯強壯、勇敢，但是脾氣暴躁、有勇無謀，也許有點像《三國演義》裡的張飛，《水滸傳》裡的黑旋風李逵吧！海格力斯一生經歷過也克服了許多考驗和挑戰。

海格力斯是天帝宙斯和一個凡間女子愛米莉（Alcmene）生的孩子。天帝宙斯風流成性，招引來的後果就是天后赫拉的憤怒和嫉妒。海格力斯才幾個月大時，有一天晚上，天后赫拉派了兩條大蛇溜進他的嬰兒房，和海格力斯睡在一起的弟弟依佛季斯（Iphicles）嚇得嚎啕大哭，依佛季斯是他同母異父的凡人弟弟，當媽媽趕過來時，只看到海格力斯左右兩隻手拿著兩條被他捏死的大蛇，坐在那裡哭。

還有一個故事，天帝宙斯因為海格力斯的媽媽是凡人，趁著天后赫拉睡覺時，把海格力斯放在赫拉胸前偷偷吸吮天后的奶水，希望這樣可以讓海格力斯變成天神，也許是海格力斯力氣太大，他咬了赫拉一口，赫拉醒過來，看到一個陌生的嬰兒正在吸吮她的奶水，一手把海格力斯推開，她的奶水也灑在天空上，這就是我們地球所在的銀河系統，晚上在天空上看來就像一片灑開的奶水，所以，我們的銀河系統就叫做「奶水之路」（Milky Way）。

海格力斯的媽媽找了許多好老師來教他拳術、擊劍和射箭，這些老師都是鼎鼎有名的天神，一個不幸的意外，因為音樂老師對他嚴格地要求，海格力拿起正在學彈的吉他把老師打死了，這位音樂老師還是太陽神阿波羅（Apollo）的兒子，因此，海格力斯被送到山上牧羊，十八歲時，赤手空拳捏死了一隻獅子。據說，有兩位仙女來看他，她們的名字是玩樂（Pleasure）和美德（Virtue），她們說有兩條他可以選擇的生命之路，一條是充滿輕鬆和快樂，一條是充滿艱苦和榮耀，他選擇了後面一條路，也許他很傻，但是為了榮耀，世界上也有很多人跟他做一樣的選擇。

後來，海格力斯幫助一位國王打敗了來侵略的敵人，國王把公主密格拉許配給他，他們生了三個小孩。可是，天后赫拉還是懷恨在心，不肯放過海格力斯，赫拉的詛咒讓海格力斯失控發狂，把密格拉和三個小孩都殺死了，海格力斯恢復神智清醒後痛不欲生。不過，在他媽媽和一位好朋友的安慰下，他決定向一位先知求救，先知告訴他，他必須通過非常困難的考驗來贖罪、淨化自己。海格力斯在先知指引下，其實這也是天后赫拉在背後操縱，投靠了一位國王，並答應以十二年為期，做國王的僕人，接受任何指派的任務，國王一共指派他十二個非常困難危險的任務。

第一個任務是去殺死一隻刀槍不入的獅子，這對海格力斯來講不是問題，他就跟他在十八歲時一樣，徒手把獅子捏死了。第二個任務是去殺死一條有九個頭的蟒蛇，這條蟒蛇如果一個頭被砍掉的話，會再長出兩個新的頭，還好海格力斯找到他的姪兒幫忙，也把這條蟒蛇殺掉了。剩下的危險任務，就不再贅述，不過，海格力斯都把它們完成了，也為一場家庭悲劇畫上句點。海格力斯接下來的故事，還多得很，我就不在這裡多說，有興趣的讀者，可以找本希臘神話細讀，如果要偷懶的話，也可以找到一套一九九七年Walt Disney製作的卡通“Hercules”，雖然電影和原來的希臘神話還是相去尚遠。最後，海格力斯和天后赫拉和好了，也升格為天神。

海格力斯留給人們的想像

海格力斯Hercules代表的是強壯、孔武有力，在英文裡，herculean是形容詞，是指需要很大力氣、很困難的工作和事情，例如“It takes a herculean effort to bring this project to completion.”（需要超乎尋常的力氣才能把這個計畫完成。）

海格力斯完成十二項困難危險的任務，也讓我們想起《西遊記》的故事。唐僧走遍千山萬水，歷盡九九八十一個磨難，火焰山、盤絲洞，可也不是有許多相似的地方嗎？還有大家也會記得周處除三害的故事，周處從一個好勇鬥狠的少年，為社會除掉三害，成為一位忠臣良將。

還有，海格力斯在第一個和第二個任務殺死的獅子和蟒蛇是天神太方（Typhon）的兩個兒子，太方是狂風的風神，他有一百個蟒蛇的頭，眼睛和舌頭都會噴火，許多天神都被他嚇得逃到埃及去躲起來。最後，還是天帝宙斯出馬和他大戰一場，宙斯把一座大山壓在他身上，但是他還是繼續噴火和煙，這座大山就是現在義大利西西里島東面的埃特納火山（Mount Etna），它是歐洲最大的活火山。

英文Typhoon，中文翻成颱風這個詞，一個說法是源自這位希臘天神太方的名字，另外一個說法Typhoon這個詞源自中文大風這兩個字。

天神四兄弟

接著，讓我講四個天神兄弟的故事，他們的名字是愛勒斯（Atlas）、普羅米修斯（Prometheus）、艾比米修斯（Epimetheus）、曼尼西斯（Menoetius）。

首先我要講的是愛勒斯，在天神的一場大戰裡，他們四兄弟，兩個兩個選邊站，愛勒斯和曼尼西斯選錯邊，戰敗後被天帝宙斯懲罰，愛勒斯得永遠站在大地的西邊，不分晝夜、無論晴雨，用肩膀把天空撐起來。這倒跟中國《山海經》裡盤古開天闢地的傳說有點相似的地方，宇宙剛開始時，混沌一團像一個雞蛋一樣，盤古在裡面睡了一萬八千年，他醒過來後把清和濁、陽和陰分開來，清新的陽氣往上升成為天空，混濁的陰霾往下沉成為大地，天每天上升一丈，地每天加厚一丈，盤古站在那把天撐起來，每天身高也增加一丈，這樣又過了一萬八千年，天和地之間的距離變成九千里，盤古的身高也變成九千里了。我得交代一下，這些數字是從中國古書裡出來的，我做了一些加減乘除的換算，也能說大致是正確的。

講到這裡，我又得回過頭來講大力士海格力斯的故事，在他要完成的十二項艱鉅的任務裡，有一項任務是要到由愛勒斯三個女兒看管的花園裡採金蘋果，看守這個花園的又是天神太方的另外一兒子，這個兒子也是一條有一百個頭蟒蛇頭，海格力斯根本不知道這個花園在哪裡，他跑去跟愛勒斯說：「我幫你把天撐住，你幫我去把金蘋果採回來。」愛勒斯看到了一個脫身的好機會，就去把金蘋果採回來，跟海格力斯說：「你繼續把天撐住，我替你把金蘋果送到國王那邊去就好了。」海格力斯很聰明，他說好，不過，你先把天撐一下，讓我調整一下肩膀上的墊子，愛勒斯很老實聽了他的話，把金蘋果放在地上，把天撐起來，海格力斯把金蘋果從地上撿起來，回到國王那邊去了。

在英文裡，atlas這個字是「地圖集」的意思。其實，這個字這樣用是出於誤解，天神愛勒斯撐住的是天，不是把地球背在肩膀上。在古希臘時代，他們根本還沒有「大地是一個圓球」這個觀念，不過到了十六世紀，有一個人出版了一本地圖集，畫上了一張天神愛勒斯把地球背在肩膀上的畫，所以，atlas這個字就用來作為地圖集的意思了。

神火之賊

接著，讓我們談談天神愛勒斯的另外兩個兄弟，也就是在天神大戰中選對邊的兩個兄弟，他們的名字是普羅米修斯，就是遠見、先見、先知的意思，和艾比米修斯，就是後見、後知後覺、反思的意思。雖然他們兩個在天神大戰裡選對了邊，後來還是在許多事情裡，得罪了天帝宙斯。普羅米修斯是一個對人類很愛護和照顧的天神，他精於各項手藝，數學、建築、寫作、金屬手工都由他起源。天帝看到普羅米修斯和人類的關係那麼好，已經十分嫉妒，普羅米修斯又耍弄天帝，他把奉獻給天帝的祭品分成兩份，一份是把牛肉包在牛的胃裡，在裡面的牛肉是好東西，在外面的牛胃卻是難以下咽；一份是把牛骨包在牛的肥油裡，就是把根本不能吃的牛骨包在誘人的肥油裡，天帝選擇了肥油包的牛骨，因此上了普羅米修斯的當，天帝大為生氣，怒不可遏，就不許人類有火。普羅米修斯想出一個計謀，把火從天上偷到凡間，結果，他和艾比米修斯都受到懲罰。

在英文裡，promethean源自Prometheus這個名字，是創意或是好手藝、特別是大膽的創意的意思。

普羅米修斯受到什麼懲罰呢？天帝宙斯把他鎖在一塊大石上，每天有一隻老鷹來啄食他的肝，因為普羅米修斯是天神，不會死掉，他的肝到了晚上又再長回來，老鷹在白天又再回來啄食。一直到我在前面講過海格力斯去找金蘋果的路上，才把他解救出來。

潘朵拉的盒子

那麼，他的弟弟艾比米修斯呢？天帝命令火神（Hephaestus）做了一個美麗又邪惡的女人，讓每位天神送給她美麗而又邪惡的禮物，雅典娜（Athena）女神教她縫紉、紡織、製作美麗迷人的衣服，愛神Aphrodite送她優雅和殘酷，商業之神荷美斯（Hermes）送她狡猾、詐欺、伶牙俐齒、說謊話的本領，其他的天神送她項鍊、花冠，這個女人的名字就是潘朵拉（Pandora）。在希臘文裡，pan是全體，dora是禮物，Pandora就被解釋為大家都送禮物給她的意思。

天帝把潘朵拉送給後知後覺的艾比米修斯，但是有遠見的普羅米修斯預見這裡面是有陰謀的，他警告艾比米修斯別接受這份「禮物」。但是，艾比米修斯實在無法抗拒潘朵拉的美麗，趕緊就跟她結婚了。天帝還送給艾比米修斯一個瓶子，他跟艾比米修斯說：「千萬不要打開這個瓶子。」艾比米修斯也很聽話，沒有碰這個瓶子。但是，潘朵拉好奇心重，偷偷把瓶子打開，天帝預先放在瓶子裡的疾病、瘟疫、嫉妒和仇恨，通通跑到世界上來了，潘朵拉趕快把瓶子蓋上，留在瓶子裡的只剩下「希望」。其實，為什麼天帝宙斯把希望放在瓶子裡呢？是難以了解的，何況今天人間不是充滿了希望嗎？希望不是我們應付疾病、痛苦、悲傷和失望最大的力量嗎？

我得先交代一點，按照希臘神話的記載，天帝宙斯給艾比米修斯的是一個瓶子，後來以訛傳訛，現在我們都說是一個盒子，當我們說打開潘朵拉的盒子（Pandora's box），意思就是讓一切麻煩、痛苦、不幸的事情都被揭露、張揚跑出來了。

至於在天神大戰中，和愛勒斯一起選錯邊的第四個兄弟曼尼西斯，被天帝宙斯用閃電打入地獄去了。

在希臘神話裡，有一個和《聖經》裡挪亞方舟（Noah's Ark）的故事相似的傳說。天帝宙斯對人間的各種罪惡行為非常不滿意，決定用一場大洪水把人類毀滅，唯一生存下來的是普羅米修斯的兒子杜基里安（Deucalion），和艾比米修斯、潘朵拉生的一個女兒佩拉（Pyrrha）這一對夫婦，也就是後來全人類的老祖宗。

太陽其實很浪漫

后羿射日

在中國神話裡，有關太陽的神話，最有名的就是「后羿射日」的故事，這個故事有幾個不同的版本，但是主要的情節是一樣的。后羿是英勇善於射箭的天神，他的妻子嫦娥是天上的女神，「后羿射日，嫦娥奔月」就是有關他們的神話。我們先講后羿射日的故事。

在唐堯時代，天上有十個太陽，那是天帝天后的十個兒子，天后每天駕車護送一個太陽兒子到天上值班，十天輪流一次，可是時間久了，十個兒子覺得枯燥乏味，有一天早上，他們不理天后的呼喚，一起出現在天空中。大地受不了十個太陽的烘烤，植物枯死，野獸也四出侵害人民；堯帝向上天禱告，天帝就派后羿帶著他的妻子嫦娥來到人間，給他一把紅色的弓、十枝白色的箭（這就是古書裡說的彤弓素箭），天帝的原意是要后羿用弓和箭來嚇唬十個頑皮的兒子，讓他們乖乖地回復到正常的輪班。但是，當后羿看到老百姓受的苦難，他氣得冒火，彎弓射箭把九個太陽射下來，幸好堯帝想到天上不能沒有太陽，趕快派人從后羿的箭筒裡偷取了一枝箭，所以，天空剩下一個太陽。后羿還以為立了大功，沒有想到天帝因他射殺了他的九個兒子，非常生氣，把他和妻子嫦娥貶罰到人間，作為凡人。

夸父追日

另外，還有一個太陽的故事，是《山海經》裡「夸父追日」的故事。在中國古代的傳說人物中，祝融是管火的，共工是管水的。共工生了后土，后土生了信，信生了夸父。據說夸父是個巨人，他用兩條黃蛇作為耳環，當他看見太陽由東升起、向西行走的時候，他提著拐杖要跟著太陽一起走，可是他一直追不上太陽，跑得口渴得不得了，把黃河、渭河的水都喝光了，最後口渴而死，他的拐杖化成了樹林。「夸父追日」象徵一個人徒有理想，卻不自量力，跟希臘神話裡太陽神的兒子一定要去駕太陽神的馬車，卻沒有足夠的力氣和經驗，終於招致被宙斯用雷電毀滅的悲慘結局，有相似的地方。

徐志摩有篇散文叫做〈我所知道的康橋〉，描寫他在英國康橋（Cambridge）進修時的生活和康橋的風景，其中有一段他騎著腳踏車，迎著太陽直追的描述：「我常常在夕陽西曬時，騎了車，迎著天邊扁大的日頭直追，日頭是追不到的，我沒有夸父的荒誕，但晚景的溫存，卻被我這樣偷嘗了不少。」徐志摩沒有追上太陽，卻偷嘗到晚景的溫存。他接著描寫了他印象中幾次夕陽的美景，「只說看著夕陽，我們平常只知道登山或是臨海，但實際只需遼闊的天際，平地上的晚霞有時也是一樣的神奇。有一次我趕到一個地方，手把著一家村莊的籬笆，隔著一大田的麥浪，看西天的變幻。有一次是正衝著一條寬廣的大道，過來一大群羊，放草歸來的，偌大的太陽在牠們背後放射著萬縷的金輝。天上卻是烏青青的，只賸這不可逼視的威光中的一條大路、一群生物！我心頭頓時感著神異性的壓迫，我真的跪下了，對著這冉冉漸翳的金光。再有一次是更不可忘的奇景，那是臨著一大片望不到頭的草原，滿開著豔紅的罌粟，在青草裡亭亭地像是萬盞的金燈，陽光從褐色雲裡斜著過來，幻成一種異樣的紫色，透明似的不可逼視，霎那間在我迷眩了的視覺中，這草田變成了……不說也罷，說來你們也是不信的！」最後〈我所知道的康橋〉這篇文章是這樣結束的：「一別二年多了，康橋，誰知我這思鄉的隱憂？也不想別的，我只要那晚鐘撼動的黃昏，沒遮攔的田野，獨自斜倚在軟草裡，看第一個大星在天邊出現！」講到徐志摩的夕陽，也讓我為大家引李商隱的一首詩：

向晚意不適，驅車登古原。
夕陽無限好，只是近黃昏。

香港的歌手陳奕迅也唱過一首叫〈夕陽無限好〉的歌，其中有幾句是「夕陽無限好，卻是近黃昏」。

嫦娥奔月與登月

讓我回過頭來，講嫦娥奔月的故事。前面講到后羿因為將天帝的九個太陽兒子射下來，天帝大怒，把后羿和嫦娥貶為凡人。后羿因為連累妻子感到內疚，從西王母那邊討來長生不老的丹藥，準備和嫦娥一起分享，可是嫦娥一個人偷偷把仙丹吞下，突然覺得身輕如燕，雙腳離地，升在空中，凌雲駕風，飛到月亮的廣寒宮，一個人孤單地住下來了。

另一個和月亮有關的神話，是月亮裡有一隻渾身像玉一樣潔白的兔子，牠在月亮裡搗藥，這隻兔子怎麼來的呢？傳說有三個神仙化身為三個可憐的老人，向狐狸、猴子、兔子要東西吃，狐狸和猴子都有食物給神仙吃，只有兔子沒有，兔子就說：「那你們就吃我的肉吧！」自己跳入烈火中，把自己烤熟給神仙吃，神仙十分感動，就把兔子送到月宮去了。其實，因為月球表面上高低不平，從地球看見的陰影，就像一隻兔子的形貌，古人就有了這個故事作為解釋。近代天文科學和科技的進步，尤其是在一九六九年七月人類成功登陸月球，對月球很多的影像都得到解釋，有趣的是美國登陸月球的計畫叫做「阿波羅計畫」（Project Apollo），大家應該還記得阿波羅是希臘神話的太陽神。

詩人對月亮的想像

講到月亮和嫦娥，就想起李商隱很有名的一首叫做〈嫦娥〉的詩：

雲母屏風燭影深，長河漸落曉星沉。
嫦娥應悔偷靈藥，碧海青天夜夜心。

雲母造的屏風映著蠟燭的影子，長河就是銀河，曉星就是"morning star"，清晨就要來臨了，銀河和晨星都要消退了，詩人要問嫦娥，有沒有後悔偷吃不老的靈丹，被終身囚禁在月宮裡，在廣大寂靜的碧海青天上，每夜都懷著一顆孤獨寂寞的心。這首詩平易近人，其中用得最好的一個字是「嫦娥應悔偷靈藥」裡的「應」字，我們不要把這個字解釋為「應該」的意思，詩人怎會下一個斷語，說嫦娥應該後悔呢？這個「應」字是「可能」、「會不會」的意思，是詩人想要問嫦娥，是詩人的一個推想而已。

還記得多年前，在旅居美國四十年後，我回到臺灣，在清華大學工作。有一天在辦公室工作到深夜，走在回宿舍的路上，看到天上的月亮，想起李商隱這首詩，不由得自問，我是不是也像偷了靈藥的嫦娥，離開了熟悉習慣的環境，來到一個還算是陌生的地方。當時我就覺得這句詩也許可以改為「嫦娥未悔偷靈藥」，「碧海青天」也何嘗不可以解釋為一份開放、舒暢、平靜、安泰的心情。

詩人描寫月亮的詩有很多，譬如蘇軾的〈水調歌頭〉：

明月幾時有，把酒問青天。
不知天上宮闕，今夕是何年。
我欲乘風歸去，唯恐瓊樓玉宇，高處不勝寒。
起舞弄清影，何似在人間。
轉朱閣，低綺戶，照無眠。
不應有恨，何事長向別時圓？
人有悲歡離合，月有陰晴圓晴，此事古難全，
但願人長久，千里共嬋娟。

在唐詩裡，還有李白的〈月下獨酌〉：

花間一壺酒，獨酌無相親。
舉杯邀明月，對影成三人。
月既不解飲，影徒隨我身。
暫伴月將影，行樂需及春。
我歌月徘徊，我舞影零亂。

醒時同交歡，醉後各分散。
永結無情遊，相期邈雲漢。

還有，也是李白的〈靜夜思〉：

床前明月光，疑是地上霜。
舉頭望明月，低頭思故鄉。

月亮女神Selene

最後，有一個關於希臘神話月亮女神斯麗莉的故事。月亮女神愛上了一個年輕俊美的牧羊人安得米亞（Endymion），她用神力讓年輕的牧羊人沉睡不醒，永遠保持青春，每天晚上都會來到山邊的草原看他、吻他，讓銀色的光芒，灑遍他的全身。這個神話可以看成很單純的月色普照大地的一個幻想，但也可以讓詩人雅士作很多的猜想和解釋。對月亮女神來講，這是永恆的愛嗎？還是單獨和痛苦的負擔？對安得米亞而言，他有什麼感覺、什麼回應嗎？這是他想要的愛嗎？十九世紀的名詩人濟慈（John Keats）寫了一首長詩，描述這個故事，他開始的幾句是：

A thing of beauty is a joy forever,
Its loveliness increases,
It will never pass into nothingness.

美麗是永恆的歡欣，
它變得越來越可愛，
它永遠不會消失。

十九世紀美國詩人朗費羅（Henry Wadsworth Longfellow），也有一首描述這個故事的詩，詩的最後四句是透過一位天使的歌聲，輕輕地問安得米亞，你在哪裡？為什麼還沒有醒過來？

Responds, as if with unseen wings,
An angel touched its quivering strings,
And whispers in its song,
"Where hast thou stayed so long?"

回答我吧，天使用她無形的翅膀，
撫弄著抖顫的琴弦，

在歌聲裡輕輕地問，
「你流連在何方？」

星期六

改變歷史的偶然

特洛伊戰爭

關鍵因素

從歷史上的大事到日常生活的細節，一個小小的因素，或者源於偶然，或者源於愚昧，往往導致意料不到的後果，有人把這些因素叫做關鍵因素（hinge factor）。我讀過一本書，書名就是《關鍵因素》（*The Hinge Factor*），書裡指出歷史上好幾場有名的大戰，每一場大戰都有它的關鍵因素，直接影響到戰爭勝負的結果。我想為大家講一些書中敘述的故事。

第一個我要講的故事是三千多年前的「木馬屠城記」，也就是一共打了十年的特洛伊戰爭（Trojan War），這個故事在兩篇有名的希臘史詩裡，講得活靈活現，那就是荷馬的史詩《伊利亞德》（*The Iliad*）和維吉爾（Virgil）的史詩《埃涅阿斯紀》（*The Aeneid*）。這個故事是神話和歷史的交織，神話裡有很多不可信的地方，歷史的考證，隔了那麼久，也很難確認。尤其是神話那一部分，我們的確只能夠把它看成幻想、虛構的故事，不必當真。

這場戰爭是在西元前一千多年，在希臘半島上的一個城邦斯巴達（Sparta）和在愛琴海東岸的城邦特洛伊（Troy）之間的戰爭。斯巴達人以驍勇善戰著名，特洛伊是當時最富庶強盛的城邦。特洛伊是希臘文的音譯，"Trojan" 就是特洛伊的居民或者作為形容詞，表示屬於特洛伊的人和物。

總是為了美女

這個故事的女主角叫做海倫（Helen），她是斯巴達的絕色美人，她的媽媽是斯巴達的皇后麗達（Leda）。宙斯化身為一隻天鵞，引誘皇后麗達，生下了海倫。神話裡，說得更神奇、古怪，皇后麗達生下四胞胎，海倫是四胞胎之中的一個，這四胞胎是從皇后生下來的兩個蛋裡蹦出來的，有興趣的讀者可以到希臘神話裡找這個故事。海倫長大後，她的美麗聞名遐邇，希臘許多城邦的王子、武士都來追求她，後來國王、也就是海倫名義上的爸爸，為海倫選了青年貴族米奈勞斯（Menelaus），並且把米奈勞斯立為斯巴達國王。

這個故事的男主角叫做帕里斯（Paris），他是非常英俊的王子。講到這裡，又得插上一段神話。在希臘神話裡，奧林帕斯是眾神居住的地方，在一個盛大的喜宴裡，所有的神都被邀請，獨獨以搗亂、製造麻煩出名的女神厄里斯（Eris）被排除在外，可是這位女神還是不請自來，而且在宴會桌上丟出一個金蘋果，上面寫著「給最美麗的女神」。麻煩跟著來了，每一位女神都想得到這個金蘋果，經過一番辯論爭執後，剩下三位女神，她們都要爭取這個金蘋果。這三位女神是：天神宙斯的太太（也是主管婚姻的天后）、主管正義與智慧的戰神以及主管愛情與美麗的愛神，大家說：「那就由天神宙斯來決定吧！」可是，宙斯聰明得很，才不要蹚這渾水，他說：「就請特洛伊城裡，出名英俊的王子帕里斯來作決定吧！」

帕里斯是特洛伊的王子，他的爸爸國王普萊姆（Priam）為了避免災難，把他送到山上牧羊，他在山上和一位年輕的少女生活在一起。這三位女神來到帕里斯面前，都提出交換條件。天后提出的是讓他統治歐洲和亞洲，戰神提出的是征服希臘人，愛神提出讓他得到世界上最美麗的女人，帕里斯選擇要世界上最美麗的女人。所以，主管愛情和美麗的愛神就把他帶到斯巴達，去看國王米奈勞斯和他的皇后海倫，因為海倫是世界上最美麗的女人。國王米奈勞斯和海倫對帕里斯很客氣、熱情，好好地接待他，沒想到當米奈勞斯外出參加祖父的葬禮時，帕里斯竟把海倫連同僕人、金銀珠寶拐走，回到特洛伊。至於，帕里斯是不是得到愛神的幫助，把海倫迷住了，還是用暴力把海倫架走，史上的記載並不清楚。

米奈勞斯回到斯巴達，發現帕里斯把海倫拐走了，當然非常震怒，召集希臘所有國王、武士攻打特洛伊。其實，希臘對特洛伊仇視多年，早想找機會把強大繁榮的特洛伊消滅，他們組成了一千艘船的大隊，浩浩蕩蕩啟航，穿過愛琴海向特洛伊出發。

講到這裡，讓我打個岔，為了世界上最美麗的女子，一千艘希臘大軍啟航出發，在十六世紀有一位英國戲劇家就有「一張可以讓一千艘船啟航的面孔」的說法，來形容海倫的美貌。推而廣之，喜歡玩文字遊戲的人就說女子美麗的容貌，可以用千分之一海倫作為單位來衡量，那就是一個"milli-Helen"，有千分之一個海倫美麗的面孔足以讓一艘船啓航，有百分之一個海倫那麼美麗的面孔，就足以讓十艘船啓航了。如果要這樣玩下去，我們中國文字裡，也有相似的方法來衡量女子的美麗。白居易的〈長恨歌〉裡，描寫楊貴妃的美麗是「六宮粉黛無顏色」，所以，如果說「三宮粉黛無顏色」，那就是有楊貴妃一半的美麗了，如果說「十宮粉黛無顏色」那就是有楊貴妃一．六七倍的美麗了。還有，吳梅村在〈圓圓曲〉裡，描寫陳圓圓的美麗「衝冠一怒為紅顏」，那麼「衝冠三怒為紅顏」就是有陳圓圓三倍的美麗了。

天神的介入

言歸正傳，我們還是回到特洛伊城之戰，希臘的大軍由米奈勞斯的哥哥擔任總司令，他手底下有兩員大將奧德賽斯（Odysseus）和阿基里斯（Achilles）。奧德賽斯足智多謀，阿基里斯驍勇善戰。特洛伊這邊由國王普萊姆（Priam）和皇后赫谷花（Hecuba）領軍，他們手底下最驍勇一員大將就是他們的大兒子赫陀（Hector）。

這場仗打了九年，各有勝負，也從地上打到天上，天上的神明都選邊站。原來的三位女神的立場更是明顯不過了，主管愛情和美麗的愛神，因為和帕里斯的關係，自然站在特洛伊這一邊；另外兩位女神天后和戰神，因忿忿不平的緣故，站在希臘人那一邊。主管光明的阿波羅支持特洛伊，海神卻支持斯巴達，至於天神宙斯呢？他是偏袒特洛伊的，但是，他又怕老婆，所以表面上採取中立態度。

這場仗怎樣打呢？其中有很多有趣、也很多人性的故事，和《三國演義》的故事也有許多相似的地方。希望我在這裡大略地敘述，能夠引起大家的興趣，去找書來多看一點；而且西方的文化語言，深受希臘文化的影響，即使我這個短短的敘述，相信讀者也能體會到一點關聯性。在希臘和特洛伊這場大戰裡，有幾個重要的轉捩點。

在一場大戰裡，海倫原來的丈夫米奈勞斯國王，和把海倫拐走的的王子帕里斯，面對面決鬥。帕里斯先攻，米奈勞斯用盾牌擋住他的矛，然後把自己的矛丟出去，刺破了帕里斯的戰袍；不過，帕里斯並沒有受傷，米奈勞斯拔出他的劍，卻被支持保護帕里斯的愛神把劍打斷了，米奈勞斯空手撲過去，捉住帕里斯頭盔上的翎毛，正要把他拖回希臘的大本營時，愛神及時出來，把帕里斯頭盔上的皮帶弄斷，米奈勞斯只捉到空的頭盔，帕里斯就脫身了，愛神把他送上雲端，跑掉了。希臘的領軍總司令跟雙方軍隊談好，都接受若是米奈勞斯打贏了，特洛伊人得把海倫送回希臘。但是，痛恨帕里斯的天后和戰神，不甘心就此罷休，她們想看到希臘人繼續進攻，把特洛伊城破壞毀滅；她們慫恿一個特洛伊人，用箭去射米奈勞斯，雖然米奈勞斯只受到輕傷，可是，雙方有了誤解又打起來了。

阿基里斯

另外一個重要的插曲，就是希臘最驍勇善戰的阿基里斯和特洛伊最驍勇善戰的赫陀的生死之戰。起初，阿基里斯因為和希臘總司令之間有私人恩怨，不肯上陣打仗，赫陀卻越戰越勇，加上天神宙斯也從天上跑下來幫他一手，希臘人看樣子要被特洛伊人打敗了，總司令也很想開船回希臘，希臘軍隊的內部再三請求阿基里斯上陣，但他堅決不肯，這時天后又出手幫希臘人的忙，她用盡甜言蜜語，迷住了天神，讓他分了心，沒有去幫特洛伊人的忙。可是，當希臘人正要轉敗為勝時，天神又醒悟過來，把天后趕回天上，還是再出手幫赫陀。當希臘人節節敗退時，阿基里斯又不肯上陣，阿基里斯的好朋友無法忍受了，他借了阿基里斯最美麗的盔甲，上陣和赫陀決鬥，赫陀不但把他殺死了，還把他的盔甲脫下來，自己換穿上美麗的盔甲。阿基里斯聽到好朋友的死訊後，才決心去和赫陀決戰。阿基里斯的媽媽也是一位女神，因為阿基里斯原來的盔甲被赫陀拿去了，他媽媽為他帶來新的盔甲。當阿基里斯和赫陀對決時，赫陀發現上了戰神的當，戰神騙了赫陀，讓他手上只拿了一把劍、沒有長矛；更重要的，因為赫陀穿的是阿基里斯原來的盔甲，阿基里斯知道盔甲在咽喉處有一個開口，阿基里斯用長矛從這個開口刺進去，就把赫陀刺死了。阿基里斯和赫陀的恩怨還未了，阿基里斯還用馬拖著赫陀的屍體，繞著特洛伊的城牆跑，荷馬的史詩《伊利亞德》講到這裡為止。

當希臘人節節勝利的時候，阿基里斯卻被帕里斯一箭射死了。上面講過阿基里斯的媽媽是一位女神，阿基里斯生下來時，媽媽把他的身體浸在河裡，這條河的河水有特殊功能，被浸過的身體，刀鎗不入，可是媽媽捉住他的腳跟，把他的身體浸在河裡，腳跟沒有浸到河水，因此，他的腳跟那一小塊，沒有抵擋刀槍的功能，當帕里斯發箭射向阿基里斯的腳跟，阿基里斯就中箭死了。所以，今天在英文裡，我們用「阿基里斯的腳跟」（Achilles' Heel）來形容一個能幹的人、一個龐大成功的計畫中、一個龐大的企業裡，一個可以致命的弱點，也就是最弱的一環（the weakest link）的意思。至於中文，我們也有「打蛇要打在七吋」的說法。

至於帕里斯的下場呢？阿基里斯死後，希臘人覺得勝利遙不可及，又找到一位神箭手上陣打仗，他射出的第一箭，射中了帕里斯，帕里斯受傷後，要手下把他送到當年牧羊的山上，去找跟他生活在一起的那位少女，因為她有可以治療他箭傷的妙藥，但是少女認為帕里斯無情無義，不肯寬恕他，親眼看著帕里斯死了之後，也自殺了。

木馬屠城

前面講過，希臘裡的兩位大將是奧德賽斯和阿基里斯。奧德賽斯足智多謀；特洛伊有一道非常堅固的護城牆，十年來，戰爭都在城牆外面打，奧德賽斯知道，除非他們能夠攻進城，否則這場仗是贏不了的，所以，奧德賽斯想出了一個計謀。

有一天早上，特洛伊城牆上守衛的衛兵，看見了兩件不可思議的事：第一、所有希臘的船都不見了，希臘軍營裡也靜悄悄沒有人聲，很明顯他們在夜裡全部撤退了；第二、他們看見一匹很大很大的木馬停放在城牆外面，特洛伊人高興極了，戰事終於結束了！他們從城裡蜂擁出來，特別要看看這匹龐然巨大的木馬。但是，特洛伊的士兵發現一個希臘人，躲在水草旁邊，沒有跟其他希臘人一起撤退，他們把他帶到特洛伊的國王面前，這個人哭哭啼啼地說他不要再做希臘人了，因為希臘人得罪了主管正義和智慧的戰神，要把他作為贖罪的犧牲祭品，幸好他在希臘人撤退前躲起來，沒有被捉到。而且，希臘人為什麼做這麼大的一匹木馬呢？因為，這匹木馬比城門還高，搬不進城裡頭去，而如果，特洛伊人在城外把木馬拆毀，那就會得罪戰神，反過來，如果特洛伊人把木馬帶進城裡，戰神就會眷顧他們，不會好好對待希臘人。特洛伊人裡有一位長老，對這匹木馬和整個說法，還是存有很大的疑慮，他說了一句，後來我們也常常模仿的話，他說：「即使希臘人帶著禮物過來，我對他們還是存有戒心。（I fear the Greeks even when they bear gifts.）」

相信諸位還記得，海神是站在希臘人那一邊的。突然海裡冒出兩條大蛇，把這位長老緊緊勒住，氣絕身亡。於是，特洛伊人把城牆拆掉，把木馬拖進城裡，狂歡慶祝。當然，大家都聽過這個故事的結局，這匹木馬是中空的，裡面藏了許多希臘士兵，半夜裡，他們從木馬裡爬出來，把城門打開，讓躲在海邊、事實上沒有開船回希臘的士兵進來，裡應外合，縱火、殺人，把特洛伊城毀了。特洛伊的國王被阿基里斯的兒子殺了，皇后和赫陀的妻子都被俘虜了，主管愛情和美麗的愛神的一個兒子也是特洛伊人，愛神幫他把他的爸爸和兒子救了出來，跑到郊外去，也把海倫救出來，交還斯巴達的國王米奈勞斯，國王還是滿心歡喜地把海倫接回來，帶她上船，向希臘回航。

這就是木馬屠城故事的結局，至於希臘人在回航的路程上的遭遇，在荷馬的史詩《奧德賽》裡有很詳細的描寫。希臘人打進特洛伊城之後，縱火殺人，讓原來支持他們的戰神和海神都很反感，所以，在回航的路上，受到很多的懲罰。

關於木馬的聯想

回過頭來看木馬屠城這一場戰爭，一共打了十年，你來我往，最後希臘人獲得勝利的關鍵是什麼呢？那當然是想出一個戰略，讓特洛伊人自己把堅牢不可破的城牆拆掉，讓希臘人得以長驅直入，也就是找到了可以獲勝的關鍵因素。

現在，我們常常引用「特洛伊木馬」（Trojan Horse），來代表一件看起來很好的禮物，其實禮物裡包藏了禍害。讓我趁這個機會講講透過網路蔓延氾濫的電腦病毒，嚴格來講電腦病毒分成三類，那就是特洛伊木馬（Trojan Horse）、病毒（Virus）、蠕蟲（Worms）。特洛伊木馬是一個表面上看起來有用或者有趣的檔案，例如：一個有趣的文字或者圖片的檔案，文字或者圖片的檔案是靜態的資料，它本身不會引起任何的動作，但是如果在這些資料裡隱藏了一些會引起破壞性動作的程式，當這個檔案被打開的時候，這些破壞性的動作，例如，把電腦關閉、在電腦螢幕上顯示古怪的文字圖片，或者消除存在電腦裡的檔案等等，就會發生了。這的確是跟原來的特洛伊木馬非常相似。不過，特洛伊木馬必須由人把這個檔案打開，而且它也不會自動複製。病毒是一種會自動複製的破壞性的程式，和生物學上的病毒很相像。不過，病毒不會自動在網路上移動，它必須依附在別的檔案上，例如：電子郵件、從一部電腦被傳送到另一部電腦。至於蠕蟲，則是一種會在網路上自動傳輸的破壞性程式。雖然在觀念上，我們把特洛伊木馬、病毒、蠕蟲作這樣的分類，事實上，今天比較新的破壞性的程式都會兼具這些功能。

講到這裡，在《三國演義》裡，諸葛亮發明製造了兩種運送糧草的交通工具，叫做木牛和流馬。它們是什麼東西呢？歷史上記載並不明確，一個說法是木牛和流馬是用木製成，形狀像牛和馬一樣，用來載運糧草，能夠自動行走的機器。但是，按照那個時候的科學技術，木牛和流馬自動行走的原動力從什麼地方來，卻是沒有辦法可以解釋的。另外一個說法是木牛是獨輪車、流馬是四輪車，由人推著走，在山路好走很多。兩百多年後，南北朝的科技數學天才祖沖之，據說也按照諸葛亮的描述，仿造出自動行走的木牛和流馬，但是文獻裡也是語焉不詳。

傾國傾城

在木馬屠城記的故事裡，為了海倫這位絕色美人，特洛伊整個城邦都被毀滅了，中國文學裡常常用「傾國傾城」來形容美麗的女子，毫無疑問海倫是傾國傾城的絕色美人。「傾國傾城」這個詞，源自《漢書》裡的「北方有佳人，絕世而獨立，一笑傾人城，再笑傾人國」，至於「傾」這個字，既可以作讚羡、傾倒在石榴裙下的解釋，也可以作為讓城邦國家傾覆頹圮的解釋。《漢書》這段話，應該是用來描寫中國古代周幽王寵愛的妃子褒姒，按照《東周列國志》的記載，褒姒不愛笑，平時喜歡聽撕裂綢帛的聲音，這是十分奢侈的行為。為了逗褒姒笑，周幽王在烽火臺點燃烽火；烽火臺是古時軍事上通訊的工具，當皇帝有難時，會在烽火臺上點起烽火，各地的諸侯，看見烽火，就得趕快派出軍隊來救駕。當周幽王點起烽火，而諸侯風塵僕僕地趕過來時，褒姒看到諸侯那副狼狽的樣子，大笑不已。這樣玩弄了諸侯兩三次，等到真有敵人入侵時，周幽王點起烽火，諸侯以為他還是為了取悅褒姒，都不來救駕了。周幽王被殺，褒姒被俘虜，西周也變成了東周。這就是周幽王「烽火戲諸侯」的故事。

我想，大家一定會想到這個故事跟西方伊索寓言裡，大叫「狼來了！」的牧羊童故事有相同的教訓。

中國歷史上，還有好幾位傾國傾城的絕色佳人的故事。商朝的商紂王為了妲己，唐朝的唐玄宗為了楊貴妃、明末清初的大將吳三桂為了陳圓圓，都付出了傾國傾城的代價。妲己是一個美若天仙、能歌善舞的蛇蝎美人，她非常奢侈，商紂王為她在宮殿裡安排了酒池肉林，她喜歡聽到犯人受酷刑時痛苦的叫聲，商紂王因此發明酷刑炮烙、錘擊、蛇蛟等；後來周武王出兵討伐，商紂王自焚而死，妲己亦被以禍國妖人罪名處死，商朝也就亡了。

詩人白居易寫了一首長詩〈長恨歌〉，描寫楊貴妃的故事，第一句就是「漢皇重色思傾國」；詩人吳梅村寫了一首詩〈圓圓曲〉，描寫陳圓圓的故事，其中也有「嘗聞傾國與傾城，翻使周郎受重名。妻子豈應關大計，英雄無奈是多情」這幾句。〈長恨歌〉和〈圓圓曲〉，雖然在篇幅上，不及荷馬的兩首史詩《伊利亞德》和《奧德賽》，但是它們都是非常美麗的長詩，是中國文學裡膾炙人口的名作。

陳圓圓是明朝末年將軍吳三桂的愛妾，明朝末年，流寇李自成攻入首都北京，崇禎皇帝在煤山上吊自殺，李自成到了北京後，派人招降吳三桂，吳三桂本來決定投降，但是，當聽到李自成拘禁了他的愛妾陳圓圓後，非常生氣，這就是「衝冠一怒為紅顏」這句詩的出處。吳三桂倒過來獻出山海關，引清兵入關向清稱臣，打敗了李自成，奪回陳圓圓，清朝也從此建立起來。後來吳三桂接受了清廷平王的封號，卻被外放雲南，到了康熙的時候，由於康熙要削除藩王的職位，吳三桂從雲南起兵反清，但是，已經太遲，最後病死長沙，陳圓圓在一座廟寺出家，後來投蓮花池自盡了。

王國維在《人間詞話》裡，認為白居易的〈長恨歌〉文采組織，把故事娓娓道來，很少用典故，吳梅村的〈圓圓曲〉卻用了很多典故，這是吳梅村不及白居易的地方。當然，大家都知道白居易寫的詩詞平易近人，有「老嫗能解」的說法。

法國大革命

路易十四

前面跟大家講過「木馬屠城記」的故事，也就是希臘斯巴達和特洛伊之間十年的戰爭故事。接下來想跟大家講拿破崙和威靈頓公爵（Duke of Wellington）在滑鐵盧（Waterloo）的戰役。不過，要講這場戰役，得先講一點法國當時的歷史背景。

從一六四三年開始到一七九一年，一百五十年中，法國的三個皇帝是路易十四、十五和十六，接下來就是拿破崙。拿破崙在一八〇四年到一八一五年共當了十年皇帝。

路易十四，五歲不到就登基做皇帝，到七十七歲去世，在位七十二年，在他統治下，他大大提升了法國在軍事、政治和文化上的地位。在政治上，路易十四成功地建立了中央集權的政治體制，他講過一句話："L'Etat, C'est moi!"，翻成英文是"I am the state."，翻成中文可以是「朕即天下，天下即朕！」清朝康熙皇帝說過一句比較謙虛的話：「萬姓安，即朕之安；天下福，即朕之福。」那就是「老百姓能夠安樂，我就安樂；天下有福，那就是我的福了。」路易十四任內，對外打了三場大仗、兩場小仗，也大大擴展了法國殖民地的版圖，遠及美洲、亞洲和非洲。舉一個例，美國的路易斯安那州（Louisiana）的名字，就是源自法文，表達對路易十四的尊敬。對外戰爭之外，還有兩場內戰，這兩場內戰，可以說是源自對君主極權的反應和對外戰爭的費用而引起的稅收問題。在經濟方面，路易十四用了一位能幹的財政部長，他建立了有效的稅收法令，徵收關稅、鹽稅、地稅，也經由商務貿易增加國庫的收入。在文藝建築方面，路易十四手筆很大，巴黎附近豪華的凡爾賽宮是他建的，在巴黎鐵塔附近的軍用醫院（Hotel de Invalides）也是他建的，去過巴黎的朋友應該會記得，Invalides有一個壯觀的金色圓頂，拿破崙的墓也是在那裡；他也擴建了羅浮宮（Musée de Louvre），有些歷史學家還把路易十四統治的七十二年稱為「偉大的世紀」。但是，他豪華的生活，弄得國庫空虛，因此賦稅和賦稅相關的問題引來相當大的動盪不安。路易十四七十七歲去世，傳位給他的曾孫，就是路易十五。

路易十四的故事，也讓我們想起清朝康熙皇帝的故事。康熙八歲登基，在位六十一年，執政期間，平定了吳三桂等三藩的勢力，派施琅攻取臺灣，驅逐侵略東北黑龍江的俄國人；在政治方面，整頓吏治，執行考核制度；在經濟方面，放寬墾荒地的免稅年限；在學術方面，《康熙字典》、《康熙永年曆法》都是由他推動編纂的。所以，康熙在位的期間也被臣民稱為「康熙盛世」，可是，到了他統治末期，吏治腐敗，賦稅不均，貪汙的風氣盛熾，國庫空虛也成為一個隱憂。康熙傳位給四子，就是雍正皇帝，光是這個傳位的故事，三天三夜也講不完了。

路易十五

我們還是回到法國的歷史，路易十四死的時候，他嫡傳的兒子和孫子都已早逝，由曾孫繼位，那就是路易十五。路易十五登基時，只有四歲，所以誰能夠掌治理國家的大權，是一個大問題，按照傳統，應該是路易十四的一個姪兒，也就是路易十五的一位叔祖。但是，路易十四在臨死前立了遺囑，把自己的兩個私生子變為他合法的兒子，讓他們有法律依據，將來可以承繼路易十五。宮廷中承繼的問題，引起權力的爭奪，在路易十五的年代是如此，古今中外何嘗不是如此。

路易十五被看成庸碌無能的皇帝，路易十四留下來一大堆經濟財務的問題，路易十五沒有能力去挽救改善。不過，在清朝歷史裡，雍正大刀闊斧，整頓了許多康熙遺留下來的問題。除了無能之外，路易十五的私生活也受到許多批評。他從登基時，被稱為最受愛戴的皇帝（The well-beloved），到他的晚年被稱為最受憎恨的皇帝（The well-hated）。路易十五執政期間的問題，繼續困擾著繼任者路易十六，也逐漸導致法國大革命的發生。讓我順便提出，巴黎有名的協和廣場（Place de la Concorde），原來叫路易十五廣場，那是路易十五的一位情婦推動興建的。

路易十六

路易十五死後，他的孫子繼位，就是路易十六，他是一個愛慕虛榮、平庸、無能的皇帝，面對法國非常惡劣的經濟情形，也沒有辦法改善，終於引發了「法國大革命」。平心而論，法國惡劣的經濟情形和賦稅問題，在路易十四時已經浮現了。法國大革命有三條導火線：第一，是國家嚴重負債，稅收改革失敗，老百姓連麵包都沒得吃；第二，是多年來不平等的階級制度；第三，是路易十六和他的皇后瑪麗（Marie Antoinette）過著豪華奢侈的生活，引發人民反感。

我無法在二、三十分鐘，把法國大革命的歷史好好敘述和分析；不過，在整個歷史的重要時間點是一七八九年，也就是路易十六登基後十五年，他面臨階級不平等的問題，不得不召開三級會議。

幾百年來，在君主制度之下，法國有一個代議制的議會叫做「三級會議」，它代表教會、貴族和平民三個階級，但是這是一個不平衡的代表組織。第一個階級是教會，只有十萬人；第二個階級是貴族，只有四十萬人；但是第三個階級是中產階級和平民，有二千五百萬人。但是，在三級會議裡，每一個等級的代表人數是一樣的，所以教會和貴族聯合起來，就可以多數票壓倒平民的代表；而且自從一六一四年（距離當時一百七十五年以前），這個三級會議就沒有開過會了。在一七八九年的三級會議中，第三個階級的平民提出，成立人民有均衡代表的國民代表大會（National Assembly），經過許多爭議，路易十六立法訂定國民代表大會的成立，教會和貴族也同意放棄特權。

路易十六接受了國民代表大會的成立，但是整個法國已經在動亂了。歷史學家把法國大革命分為三個時期，第一個時期是一七八九—一七九二年，那就是國民代表大會成立的前三年，政府還可以透過國民代表大會解決很多地方上的問題；第二個時期是一七九二年，激進分子取代了中產階級分子和改良派，成為革命的領袖，到處發生暴動，把路易十六和瑪麗皇后送上斷頭臺；到了一七九四年，中產階級的領導人，驅除了激進分子，回復領導的地位，一七九七年推舉拿破崙領導政府，法國大革命就算結束了。

瑪麗皇后

讓我們離開嚴肅枯燥的歷史，談一些有趣的小故事。路易十六的瑪麗皇后是奧地利的一位公主，照野史的記載，她小時候和莫札特（Wolfgang Amadeus Mozart）就認得，有一次莫札特在宮廷裡演奏後，皇后問他要什麼樣的獎賞，莫札特說他要皇后把小女兒瑪麗（Marie Antoinette）嫁給他，但是皇后卻笑笑而已，因為她有別的打算，有更高的目標。

這又讓我們想起漢武帝小時候，他的姑姑問他要娶誰為妻？他說「姑姑的女兒阿嬌，若得阿嬌為婦，當以金屋貯之」。瑪麗十四歲時，嫁給路易十六，那時路易十六只有十五歲，因為她是奧地利人，她必須放棄國籍，也得把她的衣物、首飾、朋友、傭人全部留在奧地利，當她從奧地利到法國時，她要在奧地利代表團面前，把衣服脫光，換上法國的衣服，這個十四歲小女孩就哭起來了。

自由、平等、博愛

歷史裡，瑪麗皇后被描述為一個過著非常奢華浪費的生活的皇后，她在衣服、首飾、賭博上，花了許多錢。據說，有一次，當她聽到老百姓沒有麵包吃時，她反問：「他們為什麼不吃蛋糕？」這也讓人想起晉惠帝的故事，當官員告訴晉惠帝天下大饑、老百姓沒有飯吃時，他反問：「何不食肉糜？」為什麼不食肉煮的粥呢？一七九三年一月國民代表大會以三百六十一對三百六十票，一票之差，通過叛國的罪名，把路易十六送上斷頭臺。同年十月，瑪麗皇后也被送上斷頭臺，據說她最後講的一句話是，當她在斷頭臺上，無意間踩到劊子手的腳，她說：「先生，請您原諒我！我不是有意的。」另外一個小故事，一七九一年路易十六和瑪麗皇后見局勢不妙，兩人想偷偷從巴黎溜走，沒想到他在路上買東西時，店裡的小販看到他和他用的金幣上面的肖像一模一樣，認出他來了，他就被捕了。

大家都知道，法國大革命的口號，在法文是Liberté、Égalité、Fraternité，翻成英文是Liberty、Equality、Fraternity，中文翻成自由、平等、博愛。這句口號流傳很廣，已經超過了法國革命，成為普世的價值觀。

講到法國大革命，我得點出一個時間點，路易十六是一七七四年登基的，一七七六年美國富蘭克林（Benjamin Franklin）到法國，請求法國支持美國獨立，路易十六答應了，但是，最後法國並沒有得到什麼好處，還增加了國庫的負擔。

講到法國大革命，大家也都會想起狄更斯（Charles Dickens）以法國大革命為背景的名著《雙城記》（*Tale of Two Cities*），這兩個城就是巴黎和倫敦，故事裡的兩個男主角，同時愛上一位女郎，當然一位成功追求到這位女郎，另一位失敗了。這個故事結束的時候，這位失敗的男主角代替成功的男主角，走上斷頭臺。

最後，讓我們回味《雙城記》一開始，那幾句膾炙人口，流傳非常廣的話，“It was the best of times，it was the worst of times.”（那是最美好的時代，那也是最糟糕的時代。）

拿破崙與滑鐵盧戰役

從過去看現在

從一六四三年到一七九一年，這一百五十年內法國的三個皇帝是路易十四、十五和十六。路易十六在位末期法國大革命爆發，一七九二年法國宣布廢除君主制度，建立法蘭西共和國，全國國民代表大會建立的代議制度開始成型。可是，七年後，一七九九年，拿破崙由砲兵少尉變成執政團第一執政，實質上獨攬國家大權，又過了五年，一八〇四年拿破崙更登基為拿破崙大帝。這十二、三年中，法國政治組織一直在改變。大家還記得法國有一個三級會議，由教會、貴族、平民三個階級代表組成，自從一六一四年，三級會議有一百七十五年沒開過會。一七八九年，路易十六被迫召開三級會議，後來三級會議轉型為全國大會，然後又一而再、再而三地改頭換面，「全國大會」變成「全國代表大會」，變成「立法大會」，變成「全國公會」，再變成「督政府」（Directory），再變成「執政團」（Consulate）。諸位可以想像得到，這些不同的包裝，就是權力的較勁和分配、加上經濟和軍事背景的影響、再加上雄才大略、野心勃勃的個人的出現之下的產品。有一句話「從過去看現在，從歷史看未來。」當我們看到兩百多年前，法國從君主專政轉變到民主制度，一路走來，不是和我們今天看到很多的例子相像嗎？

小巨人拿破崙

把政治背景交代清楚，我要講一下拿破崙的故事，以及當時法國和歐洲各國打的大大小小戰爭。因為，拿破崙可以說是透過戰爭的途徑，登上皇帝寶座的。

拿破崙十六歲從巴黎皇家軍事學校畢業，被派為砲兵少尉，他在平定內亂和對外戰爭中的傑出表現，顯示出他的軍事長才。拿破崙有傑出的領導能力、豐富的軍事知識、又善於運用情報，當時大砲是戰爭中最重要的武器，拿破崙更是砲兵戰略的專家。軍事上的成就，讓他在政治圈裡的影響力越來越大，他得到掌權的元老院元老們的賞識，尤其是元老院的老大巴拉斯重用拿破崙，拿破崙的妻子約瑟芬（Josephine）就是巴拉斯的情婦。拿破崙三十歲那一年，元老院裡的一個元老找拿破崙支持他搞政變，推翻元老院成立執政團；沒想到拿破崙後來居上，成為執政團的第一執政，總攬法國大權。一年後透過憲法的修改，他成為終身的第一執政；拿破崙出任第一執政後，著手政治、經濟、宗教、教育的改革，鞏固他的統治。尤其是他訂定了有名的《拿破崙法典》，這個法典規定了資本主義財產制度，保障私有財產不受侵犯，穩定小農土地所有制，規定公民的平等和契約的自由原則，這些法典對後來許多資本主義國家的立法有很重大的影響。

拿破崙的失敗

自從法國大革命開始，歐洲的幾個強國包括英國、奧地利、俄國、德國（當時稱普魯士）、西班牙等，他們組成反對法國的軍事聯盟，先後和法國打了七次大戰，歷史上就叫做第一、第二……以至第七的反法軍事聯盟戰爭（War of Coalitions）。第一次和第二次反法軍事聯盟戰爭是在法國大革命的時候，幾個歐洲國家為了防止法國的內部動亂向外延伸，主動進攻法國；第三次至第七次反法軍事聯盟戰爭都是在拿破崙當皇帝的任內。拿破崙在一八〇四年為自己加冕，從法蘭西共和國第一執政的稱號，改為法蘭西帝國皇帝拿破崙一世，也可以說法國由資產階級共和國，變成資產階級帝國。第三、第四、第五次反法軍事聯盟戰爭都是法國打贏；到了一八一二年趁著拿破崙深入俄國，兵疲馬乏、傷亡無數、撤退回歐洲時，第六次反法軍事聯盟得到勝利，並在一八一四年進入巴黎，要求法國無條件投降。拿破崙退位，被放逐到地中海義大利旁邊的厄爾巴小島，並由路易十八復位。（讓我交代一下，路易十六上斷頭臺後，他八歲的兒子，繼位為路易十七，可是他當了兩年皇帝，就得肺病死了。）

拿破崙在厄爾巴小島住了不到十個月，當他看到路易十八既無能又傲慢的統治，引起人民非常怨恨時，他在一八一五年二月偷渡回法國，很快地得到原來部隊的支持，不到一個月他帶著十四萬大軍進入巴黎，重登王位，路易十八也就逃走了。但是，這一次拿破崙只當了一百天的皇帝，因為在第七次的反法軍事聯盟戰爭中，特別是在滑鐵盧（Waterloo）戰役，拿破崙被打敗了。他被放逐到聖赫勒拿小島，在那裡過了六年後逝世。

拿破崙講過很多名言，讓我舉幾個例子：「我的字典裡沒有不可能。（The word impossible is not in my dictionary.）」、「最大智慧就是決心。（The truest wisdom is a resolute determination.）」、「勝利屬於堅持不懈的人。（Victory belongs to the most persevering.）」

拿破崙從厄爾巴小島跑回巴黎，重登皇位，歐洲列強又結合起來應付拿破崙，這就是第七次反法軍事聯盟戰爭。拿破崙在一八一五年三月重登皇位，當各國的大軍還在結集的時候，他覺得要先下手為強，化被動為主動，以攻為守，他要以十萬大軍，先行殲滅英國威靈頓公爵的七萬大軍，以及德國布魯克元帥的九萬大軍。威靈頓的大本營設在比利時的小鎮滑鐵盧，拿破崙的軍隊在他的南邊，布魯克元帥的軍隊在他的東邊。對拿破崙而言，最重要的戰略就是個別把英軍、德軍打敗，不能讓他們結合起來，這是整個戰役的關鍵因素。

莽將軍與老將軍

拿破崙手下有兩員大將，一位是有勇無謀的莽將，我們就叫他「莽將軍」，另外一位垂垂老矣的老將，我們就稱他「老將軍」；「莽將軍」的任務是向北攻打英軍，「老將軍」的任務是向東攻打德軍。拿破崙先派「莽將軍」去奪取英軍和德軍可能會合的交叉點，並藉此牽制英軍，拿破崙同時猛攻德軍，把德軍打得大敗，這時拿破崙下令「莽將軍」派出他和英軍交戰部分的兵力支援，希望藉此全面殲滅德軍。但是，因為命令傳達失誤，「莽將軍」沒有執行這個支援的任務，否則，德軍就全部被殲滅。但是，德軍到底是被打敗了，謠言還說他們的布魯克元帥已經戰死，他手下的參謀長收拾殘兵，下令撤退；事實上布魯克沒有死，他從馬上摔下來，他的助手用軍衣把他的身體蓋住，躲過法國的官兵，當他聽到參謀長撤退的命令時，他馬上把命令倒過來，命令剩下來的主力向英軍滑鐵盧的方向前進，讓一些傷殘游兵向反方向撤退，作為一個煙幕。當拿破崙命令「老將軍」趁勝追擊德軍時，「老將軍」上當了，他朝著反方向追那些傷殘的游兵。威靈頓聽到德軍戰敗的消息，也緊張起來，向後朝大本營的方向撤退，但是「莽將軍」沒有馬上盡力追擊，再加上一場大雨，軍隊進軍不易，讓威靈頓有喘一口氣的機會。同時，拿破崙也已下令讓追逐德軍殘兵的「老將軍」派兵來支援這場大戰，可是，「老將軍」遲遲不動。

一八一五年六月十八日，就是滑鐵盧戰役的開始，早上九點鐘拿破崙吃了早餐，準備向英軍的山頭發動攻勢，但是他手下的一位將軍說：「因為前兩天大雨的緣故，地面泥濘，不容易用馬拖動大砲來布陣，不如延後一個小時。」拿破崙聽他的話，因為他身體有點不舒服，他睡了一覺，一睡就是兩個鐘頭，這個延誤可能是整個戰役的一個關鍵因素。對威靈頓而言，他聽到德軍已經前來支援的消息，又聽到拿破崙的「老將軍」被騙往反方向進軍，他的信心大增，決定靠他的一百五十六門大砲作殊死戰。早上十一時三十分拿破崙下令進攻，一百二十門大砲隆隆發射，勇敢而魯莽的「莽將軍」帶著五千個騎兵向英軍火線直衝過去，英軍的火力雖然強大，「莽將軍」的騎兵，冒死往前，英軍往後撤退，大砲全部落入法軍手裡；但是，「莽將軍」犯了一個大錯，他的騎兵沒有步兵的支援。作為傑出的軍事家，在這最危險的時候，威靈頓看出來，他下令：「在拿破崙支援的步兵抵達以前，我們必須把大砲奪回，否則我們是全盤皆輸。」「莽將軍」往前直衝的騎兵在苦戰後，已是筋疲力竭，被英軍打回來了，英軍收復了他們的大砲。在這裡，滑鐵盧戰役的一個小小而最重要的關鍵因素出現了。

在戰場上，奪得敵人大砲時，一個基本的動作是把一根沒有頭的釘子，釘進引發大砲的一個小洞裡，這樣大砲就完全失去作用。因為，釘子沒有頭，釘進去就不容易拔出來，在每一個騎兵團裡總有幾個人負責攜帶沒有頭的釘子和釘鎚，可是當「莽將軍」把英國人打退後，卻找不到有人帶著釘子去破壞英國人的大砲。所以，當英軍把法軍打回去，奪回沒有被破壞的大砲時，立即發揮火力把法軍打得落花流水。而且，另外一個關鍵因素，是德軍布魯克元帥的援兵比「老將軍」的援兵先行抵達，法軍完全被打敗。在夜色中，威靈頓公爵和布魯克元帥在馬上招呼相擁。德軍死了七千人，英軍死了一萬五千人，法軍死了二萬五千人，拿破崙逃回巴黎，一個月後正式投降，被放逐到聖赫勒拿島，六年後抑鬱而死。

幾個如果

一口氣為諸位講完滑鐵盧戰役的故事，讓我重複一下，這場戰役的幾個「如果」：

第一、如果布魯克元帥在開始時就被打死了，他的參謀長就會按照計畫撤退，威靈頓公爵就得不到兵援了。

第二、如果「老將軍」相信他收到的情報，德軍並不是全部撤退而是向滑鐵盧方向進軍，他會擋住德軍，威靈頓公爵就得不到兵援了。

第三、如果「莽將軍」的騎兵隊裡，有人帶了沒有頭的釘子，破壞了英軍的大砲，這場仗威靈頓公爵是輸定了。

最後，許多人都會問，如果拿破崙贏了滑鐵盧這一場仗，第七次反法聯盟戰爭會怎樣打下去呢？但許多歷史家的看法是他已經是強弩之末，遲早要被反法聯盟軍打敗的。拿破崙在滑鐵盧被打敗後，說過一句話：「歷史不過是對過去發生過的事情，大家同意接受的一個版本而已。（History is the version of past events that people have decided to agree upon.）」據說他臨終最後講的話是：「法國、軍隊、約瑟芬。（France, Armee', Josephine.）」他思念他的祖國、他的軍隊和他的妻子。

星期日

電影與文學的交會

羅生門

瞎子摸象

我們常用「羅生門」這個詞來形容一個現象：那就是一件事情發生之後，參與和旁觀的人往往有不同的記憶和描述，各說各話，莫衷一是。「羅生門」的現象可以用幾個層次來解釋：第一個層次，觀察往往不是全面的，記憶往往不是完整的，同樣的一件事情，從不同的角度往往看到不同的結果，正如成語「瞎子摸象」所說，當幾個瞎子想知道大象是怎樣的動物時，摸到鼻子的說象是一根管子，摸到腿的說象是一根柱子，摸到尾巴的說象是一條繩子，摸到耳朵的說象是一把扇子；且不同的人，記憶能力也不相同，但每個人的記憶都會隨著時間而衰退，變得模糊。第二個層次，每個人獨立的觀察，或多或少會受別人的描述所影響，而改變他原來的觀察。第三個層次，為了各種原因，每個人不願說出他看到的真相，或為了保護自己，或為了陷害他人，「有軟弱的地方，就有謊言」。第四個層次，每一件事的確有唯一、清晰、完整的真相嗎？

芥川龍之介的小說

「羅生門」一詞來自一九五〇年代日本有名的電影《羅生門》，由日本著名的導演黑澤明執導，這部電影曾經獲得好幾個國際大獎，公認為日本電影史上具有里程碑意義的作品。主要的情節是根據芥川龍之介的經典小說《在竹林中》編劇，芥川龍之介是日本二十世紀初非常具影響力的小說家，日本文學界為紀念他，設立「芥川賞」，是日本文學界的重要大賞。《在竹林中》描寫七個人對竹林中一具男屍的來龍去脈不同的敘述，但是當黑澤明把《在竹林中》拍成電影時，他穿插了芥川龍之介的另一篇小說《羅生門》的一段情節，作為電影的結尾，同時作為電影的名字。

讓我先介紹《羅生門》這篇小說。古時候，在日本京都朱雀大道的南端，有一道城門，叫做「羅城門」（在日文「城」字和「生」字發音相同，後來就變成「羅生門」），多年來天災人禍，「羅生門」變成一座破爛荒涼的城樓，狐狸野狗盜賊都在城樓出沒，到後來甚至無人認領的死屍也被送到城樓上。有一天黃昏，一個剛剛被多年僱主解僱的傭工，單獨在城樓底下避雨，前途黯淡，何況明天的生活問題還未解決，帶給他一份茫然卻又焦慮迫切的心情，在餓死路邊、還是淪為強盜之間，他沒有足夠的勇氣去作選擇。他按著腰間的木柄鋼刀，沿著樓梯爬上城樓，打算在城樓上過夜。城樓上有幾具屍體，隱約看到有男、有女、有赤裸的、也有穿了衣服的，有的張大嘴巴、有的伸著手臂，傭工在腐爛的屍臭中，不知不覺用手摀著鼻子。但是出乎意料，他看到一個老太婆蹲在死屍之中，她又小又瘦，滿頭白髮，右手拿著燃著火的松木片，深深看著一具屍體，那屍體有長長的頭髮，應該是一具女屍吧！傭工害怕得忘了呼吸，有一種毛骨悚然、起雞皮疙瘩的感覺；卻看見老太婆把松木片插在地板縫中，用雙手去探摸女屍的頭，把她的頭髮一根根拔下。憎恨和厭惡取代了傭工恐懼的心情，他握住木柄的鋼刀，大步走向老太婆，老太婆掙扎了一下，就被傭工捉住她骨瘦如柴的手臂，「妳在做什麼？」老太婆睜大眼睛喘息地說：「拔下這些頭髮，只想用來作女人的假髮髻。」老太婆接著說：「拔死人的頭髮，也許是一件壞事，但是被丟在這裡的死人，也是應得的報應。這個我拔她頭髮的女人，生前把蛇切成小段，晒乾當小魚乾來賣給軍營的士兵，他們還吃得津津有味，但是不這麼做就得餓死。這對她是無奈的，不做就得餓死；對我也是無奈的。」傭工把鋼刀放入鞘中，他也做了選擇，他抓住老太婆的衣領，把她大衣脫下來，並且把她推倒，然後跟老太婆說：「對我也是無奈的，不做就得餓死。」拿著老太婆的衣服，他從容地走下城樓。老太婆從屍體中站起，白髮倒垂往外看，只有黑洞洞的夜，傭工已不知去向。

這是芥川龍之介初期、也是他非常引以為傲的作品，他這篇小說是根據歷史記載小偷在羅生門城樓上盜取死人遺物而寫出來的，女人生前把蛇當作魚來賣，老太婆拔死人的頭髮，傭工在寒夜裡搶走了老太婆的衣服，都有一份無奈的心態，不做就得餓死的壓力。在這個混亂複雜的世界裡，這些都是微不足道，甚至稱不上罪惡的事，可是在這裡，我們看到人性往往在放大的無奈和壓力之下，被呈現出來。

黑澤明的電影

現在讓我講黑澤明的電影《羅生門》，《羅生門》是根據《在竹林中》的故事而編，不過，黑澤明在電影開始時，以三個在「羅生門」城樓底下避雨的人的對話為開端；最後以《羅生門》的小說故事作為電影的結尾跟片名。

有天早上，一個上山砍柴的樵夫，發現了一個仰躺的男人屍體，胸部插了把小刀，屍體旁有剪斷的繩子，附近樹上還有一個女人戴的斗笠，屍體旁竹子的落葉都被踐踏得亂七八糟。前一天中午，有一位行腳僧，的確看到那位男子佩著刀，帶著弓器，牽著一匹馬，一個女子坐在馬上，戴著斗笠，罩著面紗，所以沒有看到女子的臉。檢察官問完樵夫和行腳僧兩人後，兩人在羅生門下避雨，互相對問：「怎麼會發生這種不可思議的事情呢？」同時在羅生門下避雨的一個路人，忍不住問他們到底怎麼一回事？讓我們聽聽這場悲劇中幾位局中人的自白。

一位老太婆跟檢察官說，被害的男人是他的女婿，是一名武士，性情溫和，她的女兒是一個不讓鬚眉、倔強的人。還有一位捕頭之類的小官跟檢察官說，是他捉到叫做多襄丸的強盜，多襄丸被捕的時候，旁邊有一匹馬在吃草，他身上也帶著弓和箭，這匹馬應該是那個女子騎的馬，弓和箭應該是被害武士的弓和箭。接著就是強盜的自白：是的，那個男人是我殺的，那天中午，我在樹下打瞌睡，他們夫婦騎馬走來，風把斗笠的面紗揭開，我看到那個女子的臉，在那一瞬間，我想即使殺了那個男人，也要把那個女子搶過來。其實，殺人也沒啥了不起，我用刀殺人，你們殺人不用大刀，只用權力、用金錢。我騙那個男人說山裡樹叢底下有許多寶物，他果然跟著我到竹林深處，我把他打倒，用繩子把他綁起來，再跑出來告訴那個女子，她的丈夫被蛇咬傷了，當她跟著我走到竹林深處，看見丈夫被綁起來的時候，她從懷裡掏出雪亮的小刀，向我刺過來，當然，我把她制伏了，也達到了我的目的。當我正要抽身離開的時候，那個女子追上來，跟我說：「是你死呢？還是我的丈夫呢？兩個人中，死一個吧，讓兩個男人看到我的羞恥，比死還難受，我要嫁給留下來的男人。」我本來沒有要殺死那個男人的念頭，即使要也不想用卑鄙的手段。所以，我解開他的繩子，叫他拔刀，二十三個回合後，我的大刀刺進他的胸膛。至於那個女人呢？她大概是驚恐之餘，跑掉了。那個男人的大刀呢？我賣掉買酒喝了。那個女人的小刀呢？我倒記不清楚了。

但是，那個女子在廟裡懺悔時，講的話又不同了！她說：當強盜玷辱我之後，我朝著被綁在樹下的丈夫跑過去，強盜把我一腳踢倒，就在那時，我發現我丈夫的眼睛投射出難以形容的眼光，不是憤怒，也不是悲傷，而是輕蔑和冷峻。我昏了過去，再醒來時，強盜已經不知去向，我好不容易撐起身子，看著我丈夫的臉，他的眼光還是一樣的輕蔑和冷峻。我跟他說：「你打我、殺我吧！不要用這種眼光看著我！事情到了這個地步，我有了一死的決心，可是，請你也死吧，你看到了我被欺侮羞辱，我不要你一個人活下去。」我在身旁找到一把小刀，舉起小刀，我的丈夫輕蔑地說：「殺吧！」我差不多像作夢一場舉起小刀。然後似乎又昏過去，當我再醒來時，我解開丈夫屍體的繩子，但是再也提不起自殺的勇氣。

被殺死的武士的鬼魂也被招回來，說出他親身的經歷。當強盜欺負我的妻子後，還一再跟她講甜言蜜語，我不斷用眼色，告訴我的妻子這種人的話不可信，但是，我的妻子跟他說：「那麼隨便你把我帶到那裡去吧！」當強盜拉著她的手，往竹林外走時，她突然跟強盜說：「你殺掉那個人吧，他活著，我不能夠和你在一起。」妻子一連喊了幾聲：「殺掉他吧！」強盜冷冷地抱著雙手，看了我一眼，問：「你打算怎樣打發這個女人？」妻子在我躊躇時，大叫一聲，跑入竹林裡，強盜把我的繩子割斷，拿了大刀和弓器也走了，我精疲力盡，拿起妻子丟下來的小刀，把它插進自己的胸膛。

在電影裡，樵夫、行腳僧和過路人講到這裡，大家都還不知道真相是什麼。樵夫說他跟檢察官講怎樣發現武士屍體的過程，只不過是一個謊言，不想惹麻煩上身，他的確親身看到武士和強盜動武，鏖戰之後，強盜用大刀把武士殺死的。過路人就問樵夫，那麼那把小刀呢？聽說是很值錢的，你把它拿走了嗎？樵夫無言以對。正在這個時候，他們聽到一個嬰兒的哭聲，三個人趕過去看到被遺棄的嬰兒，過路人二話不說，就把包住嬰兒的外衣脫下來帶走，樵夫和行腳僧把他攔住，過路人說：「我不拿，別人也會拿。」這就是芥川龍之介小說《羅生門》裡，老太婆拔死人的頭髮，被辭退的傭工把老太婆的外衣拿走，「不做就得餓死，我也是無奈」的心態。

什麼是真相？

《羅生門》是一個撲朔迷離的故事，大刀、小刀、繩子、斗笠，這些物證還不完全湊得攏，在科技發達的今天，錄影帶、通聯紀錄、指紋、血跡、彈頭，是百分之百可靠和足夠的嗎？樵夫和行腳僧是不是被捲入局內的局外人？對局內人來說，恐懼、羞恥、情慾、懦弱、無奈、傲慢、逃避的心情是夠複雜的。今天如果再加上大權和高位，天文數字的金錢利潤，多重的個人和集體利害關係，更會模糊焦點，遮蓋扭曲了真相。

讓我用黑澤明電影裡的結尾來作一個結束。當那個過路人帶走了棄嬰的外衣，行腳僧馬上抱起棄嬰的時候，樵夫想從行腳僧手上把嬰兒抱過來，行腳僧滿臉猶豫、推開他，樵夫說：「我家裡已有六個孩子，不差再多一個，讓我來照顧他吧！」也許，這一線人性的光芒，可以幫助我們看透、看破、看開、看清各種的困惑和紛擾。

你讀過金庸的小說《雪山飛狐》嗎？也許可以試著去看看《雪山飛狐》是不是和《羅生門》有相似的地方？

神鬼交鋒

空頭支票

有一部電影《神鬼交鋒》，男主角是有名的英俊小生狄卡皮歐（Leonardo Dicaprio），相信很多人看過或聽過這部電影，電影裡講的是被稱為美國歷史上最年輕、最大膽的一個騙子阿伯尼的故事。

阿伯尼十六歲時，高中還沒唸完就離家出走，五年之內，他假冒泛美航空公司的駕駛、在大學裡當過講師、在醫院裡當過實習醫生的總管、做了八個月的助理檢察官，並且以假支票詐領了兩百五十萬美元。他被補之後，在法國、瑞典、美國一共坐了六年牢，二十七歲出獄之後重新再出發，後來阿伯尼成立了一家顧問公司，幫助政府、銀行、金融企業防止犯罪詐騙的行為，不但把許多以前詐騙的錢歸還了，還成為一個百萬富翁，結婚生子，在美國中西部安居。

阿伯尼十六歲時，爸爸給了他一臺老爺車，為了要付汽油錢，他說服他爸爸給他一張信用卡，講好他自己每個月要付汽油的錢。他一開始就犯了典型年輕人不負責任的錯，他去刷卡買輪胎、電池，然後把輪胎、電池換成現款來花，把帳單一丟了事，當然最後信用卡公司追到他爸爸頭上，他爸爸也只好付錢了事。

阿伯尼高中沒唸完，跑到紐約這個大城市，他爸爸原先替他開了一個銀行戶頭，戶頭裡放了兩百美元，到了紐約，一下子就把錢花光了，他就開始開空頭支票。那是四、五十年以前，信用卡的使用還沒有那麼普遍，超市、雜貨店都願意為顧客兌現十元、二十元的小額支票，而且，那個時候還沒有電腦網路，無法馬上向銀行查證銀行戶口的存款餘額，只要憑身分證明文件，就可以兌換現款，等到空頭支票送到銀行再被退回來，往往是好幾天以後的事，反正空頭支票滿天飛，小額的空頭支票更是不會引起注意。阿伯尼就利用這些空檔，大開空頭支票。阿伯尼還發現了一個點子，每張支票上面都印有發行這張支票銀行的代碼，這個代碼前面兩個數字是這家銀行在美國十二個地區的所屬區域代碼，若把這兩個數字改一下，這張支票會被送到錯誤地區的支票交割清算中心處理，等到輾轉再送回來，又多耽擱了好幾天。

冒牌飛行員

阿伯尼為了要有一個神氣、引人注目的身分，先把出生證明上面的出生年月加了十年，再去弄了一張當時最大的航空公司泛美航空公司的假員工證，證明他是一位副駕駛，一家大航空公司的營運遍布各大城市，駕駛們飛來飛去，真的不容易被發現他是冒牌的。尤其是那個年代，飛行員是被大家羨慕尊敬的高薪職業，他穿著副機長的制服，兌換空頭支票變得更容易了，而且，他也堂而皇之免費坐飛機到處跑，吃喝玩樂，走遍了全世界的許多大城市。

航空界裡有一個習慣，一家航空公司的駕駛員可以免費搭乘別家航空公司的航機，原因是航班連接，有時從飛一班客運機轉到飛一班貨運機、或者一班包機，誰也搞不清楚也不在乎為什麼一個駕駛員要轉來轉去，在航空界裡，這種免費搭機的安排叫做「免費的人頭」（dead heading）。這個名詞源自娛樂界，當戲院開演以前，門票沒有賣完，為了撐場面，讓一些觀眾免費入場，這些觀眾就叫做「免費的人頭」。當一個駕駛當免費的人頭時，他往往被安排坐在駕駛座艙後面一個小板凳的位置上，阿伯尼不但可以免費坐飛機，也趁機學到一點皮毛的飛行常識，有一次，當值的駕駛還把駕駛的責任交給阿伯尼，還好阿伯尼還懂得馬上轉換儀器控制到自動駕駛的操作模式。

阿伯尼不但到處在銀行開私人戶口，拿著銀行替他印的支票開私人空頭支票，後來膽子大了，更仿冒公司發薪水的支票、儲蓄銀行的付現支票。接下來，他還更大膽地帶了一大群大學生到歐洲，遊遍歐洲各國，並當著他們的面，換給他們仿冒的泛美航空公司的空頭支票，這個故事是這樣的：當阿伯尼看到機長很神氣的帶著一群年輕漂亮的空服員昂首闊步在飛機場跑來跑去的時候，他不但非常羨慕，也想出了一個點子。他知道泛美航空公司正安排到某一個大學面試應屆畢業生，他自己寫了一封信向學校說，除了應屆畢業生之外，他們要送八位三年級學生，在暑假帶他們去歐洲、倫敦、巴黎、羅馬、雅典等地，作為泛美的公關代表，雖然他們不是空服員，但是他們會穿上空服員的制服拍公關照，泛美除了負擔全部費用外，還會給他們薪水。到了歐洲以後，每隔兩個禮拜，阿伯尼就帶著這一群穿上空服員制服的學生連同他發給他們的假識別證，由他們當面背書，在旅館把他們薪水加上旅行費用的空頭支票換成現金，阿伯尼把膨脹了的費用部分扣下來，一個暑假賺了三十萬美金。

冒牌醫生

阿伯尼這樣飛來飛去，兩三年下來也夠累了，還差一點給ＦＢＩ捉到，他跑到喬治亞州的亞特蘭大，租了一戶豪華的公寓，準備休息一段時間。當他填寫住戶資料時，在職業那一欄，他隨手寫上醫生，別人問起他的專業時，他也隨口說是小兒科。不久他認得一位鄰居，這位鄰居是當地一所醫院小兒科的主治醫師，他們的來往漸多，阿伯尼也趁這個機會去圖書館看書、找資料，學到一些醫學特別是小兒科的基本觀念和名詞，免得露出馬腳。當問起他是什麼醫學院畢業時，他毫不猶疑地說是哥倫比亞大學，目前是來亞特蘭大城休假半年，他的鄰居也帶著他到醫院去參觀，慢慢跟醫院裡的醫生和護士混熟了。

有一天，忽然醫院的行政主管找到阿伯尼，請求他幫一個忙，原來他們有一位醫生家裡突然有急事，需要請假一段時期，他請阿伯尼代理他的職務，每天大夜班，手底下有七位醫學院剛畢業的第一年實習醫生，四十位護士，還有好幾十位負責雜務的人員。阿伯尼說，我只有在加州行醫的執照，沒有在喬治亞州行醫的執照。他們說，那不是問題，只要在醫院裡找五位有喬治亞州行醫執照的醫師，開一個評審委員會，就可以推薦你獲得喬治亞州行醫執照了；在那個評審委員會上，委員們閒聊天，一下子就讓他通過了，獲得在喬治亞州行醫一年的許可。

阿伯尼的主要職務是監管他手底下的醫生和護士，他總是把實務工作推到醫生和護士身上，說是要給他們實習的機會，又說是要聽聽他們的意見，這些第一年的實習醫生還因此對他特別尊敬，說他真的把他們當作醫生來看待。他腦筋又快，嘴巴又溜，有一次他要進開刀房去視察，卻連口罩都忘了戴，當護士提醒他時，他笑笑說我又不是來搶銀行的，戴口罩做什麼；有一次護士緊急呼叫他，請他馬上到六〇八號房，那裡有一個藍色的嬰兒，他連藍色嬰兒是什麼都搞不清楚，藍色嬰兒是指由於嬰兒心臟有問題，血裡缺氧，皮膚變藍，他的回應是，等一下！我得先去六〇九號房，那裡有一個綠色嬰兒，護士以為他是在耍幽默，不知道他在玩拖延遮掩的手法。他這樣工作了一年，醫院才找到人取代他，他就離開亞特蘭大，到路易斯安那州。

冒牌法學院畢業生

在路易斯安那州的首府，他找到他以前認得的一位空服員，繼續跟她來往、吃喝玩樂。阿伯尼曾經在她面前吹牛，說他是哈佛大學法學院的畢業生，這位空服員介紹他認識路易斯安那州的州檢察署裡的官員，阿伯尼偽造了一張哈佛法學院的畢業證書，參加律師考試，考了三次，居然通過了。他在州檢察署裡找到一份助理檢查官的工作，在這個職位上混了九個月，他人緣好、口才便給、衣著入時，偶然有些小案件，也可以矇混應付過去。後來他遇到一位真正的哈佛法學院畢業生，起初他對阿伯尼非常友善，逐漸從交談中發現很多疑點，開始懷疑他不是哈佛法學院畢業生，阿伯尼知道大事不妙，就逃之夭夭了。

他跑到猶他州，在報上看到有一所大學需要暑期課程代課老師的消息，他就毛遂自薦，說他自己的本職是航空公司的副機長，因為中耳發炎，停飛休假六個月，又說自己是哥倫比亞大學的博士，曾經在紐約城市大學教書兩年，他偽造了一份哥倫比亞大學的成績單、兩封紐約城市大學教授寫的介紹信，然後他就被聘用了。他教一門大一、一門大二的課，每門課都有六、七十位學生，反正學校規定，他一定得按照指定的課本的內容授課，他照本宣科，以他的口才和性格，十分受學生的歡迎。他臨走時，院長還特別跟他說，當學校有一個終身職缺時，真希望能夠把您邀請過來。

貨真價實的罪犯

阿伯尼招搖撞騙的生涯，從他十六歲的時候開始，終於在五年之後結束了，他在法國被補，判刑一年。在生活和衛生條件都非常惡劣的監獄裡被關了半年後，他被引渡到瑞典，在瑞典監獄裡，醫療、食物和生活環境都大大改善，而且，檢調人員、警察和法官都尊重維護他在法律上的權益。

阿伯尼刑期快屆滿時，法官告訴他，義大利、西班牙、土耳其、德國等十個國家都因為他的犯罪行為在排隊等著引渡他，在義大利坐牢恐怕跟在法國坐牢一樣可怕，但是法官幫了他一個大忙，他把阿伯尼驅逐出境，因此阿伯尼只被送回美國，而且按照美國法律，他就不會再被其他國家引渡了。阿伯尼從歐洲被送回美國時，在飛機落地十分鐘前，他躲在洗手間裡，打開馬桶底下的一個洞，繞到飛機的下面，跳下來溜走了。不過，他跑到加拿大，還是被捉回來，判刑十二年，坐了五年牢之後，以行為良好得到假釋，那時他才二十七歲。

這就是阿伯尼的故事，我是根據阿伯尼自己寫的書*Catch Me If You Can*來敘述，不過，以他的行事作風，我也無法判斷他有沒有記憶模糊、或者加油添醋，諸位也不必刻意確定他講的這個故事百分之百的準確性。但是，這個故事還是帶給我們許多的啟發：首先，我們不要為阿伯尼塑造一個英雄的形象，他從無知的錯誤行為開始，最後變成十幾個國家的通緝犯。在一個共同的生活環境裡，人和人之間的互信和對體制的尊重，是維持一個和諧穩定的共同生活的必要條件，支票、信用卡、貨幣、禮券、發票都是正常的經濟行為所依賴的工具，誤用這些工具，將會破壞整個經濟系統的運作，但這些只是部分的例子而已。交通的方便和安全依賴行人和開車的人彼此之間的尊重和對交通規定的遵守；公共衛生靠大家共同來維護，黑心的食物或添加物的禍害是直接且嚴重的；智慧財產的侵占會嚴重影響創新發明的機制；內線交易、掏空公司是企業負責人辜負了投資人的信心；貪汙舞弊是政府官員辜負了選民的信託。

外表是最容易騙人的

阿伯尼最後還是逃不開法律的制裁，但是，讓我們從另外一個角度來看，我們不可以騙別人，也不想被別人欺騙，為什麼一個騙子往往會得逞呢？除了人性的純真之外，愚昧、貪婪、彼此利用都是原因，我們往往會過分地相信一張哥倫比亞大學畢業證書、一份哈佛大學的成績單、飛行員胸前的別針和制服、喇嘛的高帽和法衣，只看外表，忽視內涵。

《古文觀止》裡有一篇很有名的寓言，那是劉基寫的〈賣柑者言〉。杭州有一個賣水果的人，他很善於貯藏柑子，經過嚴寒酷暑也不會腐爛，柑子看起來色彩鮮豔、玉石般的質地、黃金般的顏色，但是剖開來看，裡面乾枯得像破舊的棉絮，那就是「金玉其外，敗絮其中」。別人罵這個賣水果的人是騙子，用絢麗的外表來迷惑那些傻瓜，他的回應是，世界上行騙的人不少，難道只有我一個嗎？「世之為欺者，不寡矣，而獨我也乎？」他的意思是，你看那些佩著兵符、坐在虎皮交椅上威風凜凜的將軍，他們真的是能夠捍衛國家的良將嗎？你看那些戴著高帽子、拖著長長的帶子神氣十足的官員，他們真的是能夠治理國家的人才嗎？強盜蜂起卻沒有去鎮壓、人民困苦都沒有去解救、屬下為非作歹卻沒有去禁止、法紀敗壞卻沒有去整頓；拿了薪水，坐在高堂上，騎著大馬，美酒喝得醉醺醺，山珍海味填飽肚皮，哪一個不是看起來令人敬畏、值得效法的呀！他們何嘗不是「金玉其外，敗絮其中」，你不去批評他們，卻來挑剔我的柑子！

LEARN系列 010

下課後的奇幻補習班

作者—劉炯朗
主編—顏少鵬
特約編輯 美術設計—李國祥
校對—鄭秀玲
封面攝影—劉振祥
責任企劃—曾睦涵
總編輯—李采洪
董事長—趙政岷
出版者—時報文化出版企業股份有限公司
108019台北市和平西路三段二四〇號三樓
發行專線—（〇二）二三〇六—六八四二
讀者服務專線—〇八〇〇—二三一—七〇五、（〇二）二三〇四—七一〇三
讀者服務傳真—（〇二）二三〇四—六八五八
郵撥—一九三四—四七二四時報文化出版公司
信箱—一〇八九九臺北華江橋郵局第九九信箱
時報悅讀網—www.readingtimes.com.tw
電子郵件信箱—newstudy@readingtimes.com.tw
第二編輯部臉書—時報㊣之二http://www.facebook.com/readingtimes.2
法律顧問—理律法律事務所 陳長文律師、李念祖律師
印刷—家佑印刷有限公司
初版一刷—二〇一一年十一月十五日
初版五刷—二〇二三年七月二十六日
定價—新台幣二三〇元
（缺頁或破損的書，請寄回更換）

時報文化出版公司成立於一九七五年，
並於一九九九年股票上櫃公開發行，於二〇〇八年脫離中時集團非屬旺中，
以「尊重智慧與創意的文化事業」為信念。

下課後的奇幻補習班 / 劉炯朗著.
-- 初版. -- 臺北市： 時報文化,
2011.11 面； 公分. --（LEARN系列；10）
ISBN 978-957-13-5465-1（平裝）

1. 文學評論

810.7 100022738

ISBN 978-957-13-5465-1
Printed in Taiwan